Von Pablo Neruda und Octavio Paz als »*die* große nordamerikanische Dichterin« gerühmt, ist Elizabeth Bishop bisher vor allem als Lyrikerin bekanntgeworden. Sie veröffentlichte zeitlebens nur einen Prosaband. ›Der stille Wahn‹ ist ihre erste Veröffentlichung auf deutsch.

Der Band enthält acht Erzählungen von starker poetischer Bildhaftigkeit, äußerst eindringliche Milieuschilderungen aus der zumeist dörflichen Szenerie der Küstenlandschaft von Neuschottland, wo Bishop ihre frühe Kindheit verbrachte. Ein Teil dieser Texte ist denn auch aus der Perspektive eines Kindes erzählt – eines Kindes, dem die Welt geheimnisvoll, fremd, bedrohlich ist. Einsamkeit, Scheitern und Tod, immer wiederkehrende Themen bei Bishop, verschatten auch die Welt der Kinder, wie sie überhaupt die vermeintliche Idyllik der Szenerie ständig durchbrechen.

Ein kaltes magisches Licht, das über den Erzählungen liegt, verfremdet die scheinbare Alltäglichkeit zum Schauplatz des Abgründigen. Dieses durchdringt die Normalität kaum merklich und bleibt selbst ganz undramatisch, wie die Erzählungen überhaupt fast völlig auf einen handfesten Plot oder einen spannenden Geschehnisablauf verzichten. Ein merkwürdiges, aber nicht sehr wesentliches Ereignis, ein sonderbarer Mensch – das sind die Gegenstände der Bishopschen Erzählungen. Wie sie sich aus dem Alltäglichen herauskristallisieren und in der Poesie ihrer Unerbittlichkeit sind sie den Prosatexten von Sylvia Plath ähnlich oder auch denen von Jean Rhys.

Elizabeth Bishop, die 1911 in Worcester/Massachusetts geboren wurde, wuchs bei ihren Großeltern in Great Village an der kanadischen Atlantikküste auf. Sie studierte am Vassar College Englische Literatur und ging dann nach New York. Ihr erster Lyrikband erschien 1946. Von 1951 bis zu ihrem Tod im Jahr 1979 lebte sie die meiste Zeit in Brasilien. Sie starb in Boston.

Elizabeth Bishop erhielt zahlreiche Literaturpreise, unter anderen 1956 den Pulitzer Prize for Poetry und 1969 den National Book Award.

Elizabeth Bishop

Der stille Wahn

Aus dem Amerikanischen
und mit einem Nachwort von
Reinhard Kaiser

Fischer Taschenbuch Verlag

Veröffentlicht im Fischer Taschenbuch Verlag GmbH,
Frankfurt am Main, August 1993

Lizenzausgabe mit freundlicher Genehmigung der
Frankfurter Verlagsanstalt GmbH
Originaltitel der bei Farrar, Straus & Giroux
in New York erschienenen Ausgabe: ›The Collected Prose‹,
edited with an introduction, by Robert Giroux.
Copyright © 1984 by Alice Methfessel
© der deutschen Ausgabe:
Frankfurter Verlagsanstalt GmbH, Frankfurt am Main 1990
Umschlaggestaltung: Buchholz / Hinsch / Hensinger
Druck und Bindung: Clausen & Bosse, Leck
Printed in Germany
ISBN 3-596-11289-3

Gedruckt auf chlor- und säurefreiem Papier

Die Taufe

Es war november. Wie Meerespflanzen neigten sie sich in der Dämmerung über den kleinen dunklen Tisch in der Mitte, der unter seiner Decke aussah wie ein mit Seetang behangener Fels. Es schien, als könnte ein kleiner Luftstoß sie alle in merkliches Schwanken versetzen. Lucy, die jüngste, die für ihre Schwestern noch immer vieles erledigte, stand auf, um die Umhängetücher zu holen und die Lampe anzuzünden. Sie seufzte. Wie würden sie den Winter überstehen?

»Wir haben doch unsere Freundinnen!«

Ja, das stimmte, und es war ein Trost. Sie hatten mehrere Freundinnen. Sie hatten die alte Mrs. Peppard und die junge Mrs. Gillespie und die alte Mrs. Captain Green und die kleine Mrs. Kent. Fast jeden Nachmittag würde eine von ihnen hereinschauen.

Bei schönem Wetter konnten sie auch selbst einen Besuch machen, obwohl sie lieber zu Hause blieben. Sie hatten das Gespräch besser im Griff, wenn sie dicht beieinander um den eigenen Tisch saßen. Im Wechselgesang sprachen sie dann zu ihren Freundinnen über den Schneesturm, über Medizinisches, über die Aktivitäten der Kirchengemeinde. Natürlich, auch die Kirche hatten sie.

Wenn der Schnee zu hoch würde – er wuchs den ganzen Winter, so wie das Korn den ganzen Sommer wuchs, und welkte im April schließlich ungemäht dahin –, würde der alte Mr. Johnson, der jetzt das Postamt hatte, die Zeitung auf dem Nachhauseweg vorbeibringen.

Sie würden es schaffen, aber der Winter wurde jedes Jahr länger. Lucy dachte an das Holzholen aus dem Schuppen und wie sie sich ihre Unterarme an der Rinde aufkratzen würde. Emma dachte an das Aufhängen der Wäsche draußen, die schon steif gefroren war, bevor man sie auf der Leine hatte. Vor allem die Laken – als würde man mit riesigen, eiskalten Seemöwen kämpfen. Flora dachte nur daran, wie schwer es war, jeden Morgen um sechs aufzustehen und sich anzuziehen.

Zwei Öfen würden sie heizen, den Küchenherd und einen Ofen im Wohnzimmer. Der Wärmekreislauf in ihrem kleinen Haus sah so aus: In der Decke über dem Küchenherd war eine Öffnung, die mit einem Metallgitter versehen war. Sie ließ etwas Wärme in das Zimmer darüber, in dem Lucy und Emma schliefen. Das Rohr, das von dem Ofen im Wohnzimmer ausging, lief durch Floras Zimmer nach oben, aber es war natürlich nicht besonders warm.

Einmal in der Woche backten sie Brot. In dem anderen Schlafzimmer hingen unendlich viele Schnüre mit gedörrten Äpfeln. Sie aßen Apfelmus und warmen Apfelkuchen, Apfelknödel und eine Art Torte, die mit Apfelscheiben belegt war. Zu jeder Mahlzeit tranken sie große Mengen Tee und aßen viele Scheiben Brot. Manchmal kauften sie ein halbes Pfund Fertigkäse, manchmal ein Stück Schweinefleisch.

Emma strickte Umhangtücher, Waschlappen, Bettstrümpfe – ein Spinnengewebe der Liebe, mit dem sie

Flora und Lucy umhüllte. Flora beschäftigte sich mit feinen Handarbeiten und stellte so viele Weihnachtsgeschenke her, daß die Schwestern damit einander und außerdem alle ihre Freundinnen beschenken konnten. Lucys Finger waren zu gar nichts nutze. Sie las meistens vor, wenn die anderen arbeiteten.

Sie hatten schon viele alte Reisebücher gelesen, die ihrem Vater gehört hatten. Eines hieß *Wunder der Welt*; ein anderes handelte von Palästina und Jerusalem. Sie konnten alle ganz ruhig dasitzen, wenn Lucy von dem Baum vorlas, der Milch gab wie eine Kuh, von den Eskimos, die im Dunkeln lebten, vom Schachautomaten usw., aber bei Schilderungen des Sees Genezareth geriet Lucy immer in heftige Aufregung, und über dem Holzstich des Gartens von Gethsemane in seiner heutigen Gestalt traten ihr Tränen in die Augen. Sie rief »Du meine Güte!« angesichts der Bilder eines »Olivenhains«, in dem Araber herumhockten; und »Himmel!« angesichts des wirklichen, von Felsen überwölbten Stalls. Die in Holz gestochenen Felsen sahen aus wie große schwarze Daumenabdrücke.

Außerdem hatten sie gelesen: 1. *David Copperfield*, zweimal; 2. *Der Wildtöter*; 3. *Samantha auf der Weltausstellung*; 4. *Der Autokrat am Frühstückstisch*.

Auch zwei oder drei Bücher aus der Bücherei der Sonntagsschule, die ihnen aber nicht besonders gefallen hatten. Doch ihrer würdigen Herkunft wegen hörten sie sie genauso höflich an wie die Predigten des Geistlichen. Lucy ahmte sogar seine Sprechweise ein wenig nach, so daß es eine Ewigkeit zu dauern schien, bis sie damit fertig war.

Sie waren Presbyterianer. Das Dorf teilte sich in zwei

Lager, beide mit Bibeln bewaffnet: Baptisten und Presbyterianer. Die Schwestern hatten Freundinnen auf beiden Seiten.

Die Gebetsversammlung war Freitag abends. Sonntagsschule und Gottesdienst fanden am Sonntag statt und das Wohltätigkeitstreffen von »Ladies' Aid« alle zwei Wochen abwechselnd in den Häusern verschiedener Freundinnen. Emma unterrichtete die kleinsten Kinder in der Sonntagsschule. Lucy und Flora mochten nicht unterrichten; sie nahmen lieber an den Stunden für die Erwachsenen teil, die der Geistliche selbst abhielt.

Jetzt legte sich jede von ihnen ihr Tuch über die Schulter, und gerade als Lucy die Lampe anzündete, kam die alte Mrs. Peppard zu Besuch. Sie öffnete die Hintertür, ohne anzuklopfen, und sagte: »Jemand zu Hause?« So war es üblich. Sie trug einen sehr alten schmutzigbraunen Mantel, vorne mit großen schwarzen Schnurverschlüssen versehen, und einen schwarzen, mit Stoff bezogenen Hut, auf dem eine Samtblume prangte.

Sie brachte die Neuigkeit mit, daß tags zuvor das Baby ihrer Schwester gestorben war, obwohl sie alles nur Mögliche unternommen hatten. Ausführlich besprach sie mit Emma, Flora und Lucy die Frage der ewigen Verdammnis von Säuglingen.

Dann erörterten sie die Pflege von Begonien, und Mrs. Peppard nahm einen Ableger mit nach Hause. Flora hatte schon immer eine glückliche Hand mit Zimmerpflanzen gehabt.

Lucy geriet in ziemliche Aufregung, als Mrs. Peppard gegangen war, bekam beim Abendbrot keinen Bissen herunter und trank nur drei Tassen Tee.

Natürlich konnte Lucy, wie Emma es schon erwartet hatte, in dieser Nacht wegen des Tees nicht schlafen. Einmal stieß sie Emma an und weckte sie.

»Emma, ich denke immer an dieses arme Kind.«

»Hör auf zu denken. Schlaf jetzt.«

»Meinst du nicht, wir sollten für es beten?«

Es war mitten in der Nacht, sonst hätte Emma gewiß nicht so reagiert. Sie tat, als schliefe sie. Sie schlief auch wirklich, aber nicht so tief, daß sie nicht bemerkt hätte, wie Lucy aufstand. Am nächsten Tag erwähnte sie es Flora gegenüber, die nur sagte: »Ts – ts«. Später nannten sie es beide den »Anfang«, und Emma tat es leid, daß sie weitergeschlafen hatte.

Bei der Gebetsversammlung am Freitag rief der Geistliche zum Kirchenbeitritt auf und bat einige von denen, die in letzter Zeit beigetreten waren, zu sprechen. Art Tinkham stand auf. Er sprach lang über die Güte, die Gott ihm erwiesen hatte, und sagte, daß er sich nun immerfort glücklich fühle. So glücklich habe er sich beim Pflügen im Herbst gefühlt, daß er die ganze Zeit gesungen habe, und am Ende jeder Furche habe er einen Bibelvers gesprochen.

Später rief der Geistliche Lucy auf, ein Gebet zu sprechen. Sie tat es, ein ganz langes, aber zuletzt begann ihre Stimme zu beben. Das Amen bekam sie kaum noch heraus, und danach setzte sie sich rasch hin. Nachher sagten ihre Schwestern, es sei ein sehr schönes Gebet gewesen, aber sie konnte sich an kein einziges Wort erinnern.

Emma und Lucy gefielen die träumerischen Kirchenlieder am besten, in denen Gärten, spiegelglatte Meere, hohe Berge usw. vorkamen. Flora hatte die kämpferischen Lieder am liebsten, vor allem »Ein feste Burg«.

Das Lieblingslied von Lucy hieß: »Manchmal überrascht ein Licht den Christen beim Gesang«. Und das von Emma: »Fern auf einem grünen Berge ohne Wacht und Wehr«.

Lucy war noch nicht Mitglied der Kirche. Emma und Flora gehörten dazu, aber als sie beigetreten waren, war Lucy noch zu jung gewesen. Manchmal fragte sie ihre Schwestern, ob sie denn gut genug dazu sei.

»Du bist zu gut für uns, Lucy.«

»Das meine ich nicht«, sagte Lucy.

Abends kam es ihr so vor, als sei Emma mit ihren Gebeten immer zu schnell fertig. Ihr eigenes dauerte manchmal fast eine Stunde, und auch dann schien es ihr eigentlich nicht lang genug. Aus irgendeinem Grund fühlte sie sich sehr schuldig. Sie grämte sich hierüber so sehr, daß Flora eines Tages fast überzeugt war, sie müsse sich als junges Mädchen des allerschlimmsten Vergehens schuldig gemacht haben. Aber so war es nicht.

Die Weihnachtszeit kam. Der Schnee reichte bis an die Fensterbretter und noch darüber, so als wohnten sie in einem sinkenden Schiff. Lucys Schuldgefühle wurden immer schlimmer. Ständig sprach sie davon, ob sie der Kirche beitreten solle oder nicht. Zu Weihnachten kam eine ältere Missionarin, Miss Gillespie, die Tante des jungen Mr. Gillespie, von Indien auf Heimaturlaub. Die Ladies' Aid-Gruppe veranstaltete ihretwegen besondere Treffen. Dort redete diese große, dunkle, vierundsechzigjährige, bärtige Frau stundenlang über ihr Lebenswerk, ja, sie schrie fast. Photographien wurden herumgereicht. Auf ihnen waren Knaben mit freundlichen Gesichtern und junge Männer zu sehen, alle angetan mit einem schneeweißen Leinenschurz und Ohrringen. Und als nächstes sah man dieselben Knaben und dieselben jungen Männer in fleckigen, gestreiften Hosen mit heraushängenden Hemden. Es gab auch ein paar Photographien von Frauen, aber sie waren verwakkelt, weil die Frauen eine Hand hoben, um ihr Gesicht zu verbergen, oder weil sie sich von dem menschenfreundlichen Auge der Kamera abwandten.

Emma und Flora mochten Miss Gillespie nicht. Flora sagte sogar, sie sei »herrschsüchtig«. Aber Lucy mochte sie sehr und besuchte sie mehrere Male. Dann sprach sie drei Wochen lang nur noch davon, daß sie Missionarin werden wolle. Noch einmal las sie alle Reisebücher durch.

Flora und Emma glaubten eigentlich nicht, daß sie je fortgehen werde, aber der Gedanke an ein Leben ohne Lucy erschreckte sie zuweilen doch. Aber gegen Ende der dritten Woche hörte sie auf, davon zu sprechen, und sagte überhaupt kaum noch etwas.

Lucy wurde immer dünner. Die Haut auf ihrer Stirn sah aus, als wäre sie zu straff gespannt, und obgleich sie ihr ganzes Leben lang noch nie wütend geworden war, merkten Flora und Emma, daß es sie manchmal Mühe kostete, nicht unwirsch mit ihnen zu sprechen.

Sie bewegte sich sehr langsam. Am Abend aß sie eine halbe Scheibe Brot und legte die andere Hälfte in die Brotschüssel zurück.

Flora, die sich eher etwas zu sagen getraute als Emma, meinte: »Sie gibt mir das Gefühl, als wäre ich nicht so gut wie sie.«

Einmal war Lucy hinausgegangen, um Holz aus dem Holzschuppen zu holen, und war nach einer Viertelstunde noch immer nicht zurückgekehrt. Als Emma plötzlich auffiel, wie lange sie schon fort war, lief sie hinaus. Ohne Mantel oder Tuch stand Lucy da und hielt sich an der Ecke des Hauses fest. Sie starrte in das Sonnengeflimmer auf der Eiskruste über dem Feld nebenan. Sie schien etwas vor sich hin zu summen, und wegen des blendenden Lichtflecks hatte sie die Augen halb geschlossen. Erst als Emma sie bei der Hand nahm, besann sie sich. Sie anzusprechen hatte nicht genügt.

Am Abend des darauffolgenden Tages begannen seltsame Vorfälle.

Lucy führte ein Tagebuch. Es war mit Bleistift in ein Buch eingetragen, auf dessen gelbbraunem Umschlag in roten Buchstaben »Jumbo Scribbler« stand. Eigentlich war es eine Chronik ihrer geistlichen Fortschritte.

»*3. Januar.* Heute morgen war es wieder heiter, deshalb machte Flora Wäsche, und wir hängten sie im Garten auf, obwohl es schwer war, bei dem Wind. Zu Mittag hatten wir einen schönen Eintopf mit dem Rest vom Lamm und den Möhren, die Mr. Jonson vorbeigebracht hat. Ich sage, schöner Eintopf, aber ich mochte keinen Bissen anrühren. Der Herr scheint weit entfernt. Immer wieder habe ich die Mädchen wegen meines Beitritts gefragt, aber sie haben mir überhaupt nicht geholfen.«

An dieser Stelle schrieb Lucy drei Bibelverse ab. Manchmal bestand ihr Tagebuch mehrere Tage lang nur aus solchen Zitaten.

»*16. Januar.* Letzte Nacht waren es 28 Grad unter Null. Wir mußten uns Vaters Büffelfelldecke aus dem Gästezimmer holen. Mir war der Geruch unangenehm, aber Emma machte sich nichts daraus. Als das Licht aus war, betete ich lange, und kurz nachdem ich mich hingelegt hatte, spürte ich, wie sich dieses Gesicht wieder auf mich zubewegte. Ich konnte es nicht erkennen, aber es ist sehr groß und war ganz nah an meinem. Es schien, als würde es seine Lippen bewegen. War es vorwurfsvoll?«

Vier Tage später begann Lucy nachmittags zu weinen und weinte fast den ganzen Abend. Am Ende weinte auch Emma ein bißchen. Flora packte sie bei den Schultern und schüttelte sie, aber mit Lucy tat sie das nicht.

Emma wollte nicht mehr mit Lucy, sondern mit Flora in einem Zimmer schlafen, damit sie ungestört über Lucy sprechen konnten.

Flora sagte: »Was hat sie bloß Böses getan, Emma? Warum weint sie denn um ihre Seele?«

Emma sagte: »Sie war immer so gut wie gediegenes Gold.«

»*20. Januar.* Endlich, endlich weiß ich, was ich will«, so begann sie, »oder vielmehr: ich habe meinen Mutwillen völlig aufgegeben. Ich werde jetzt der Kirche beitreten, sobald ich kann. Aber ich werde der Baptistenkirche beitreten, und ich darf es Flora und Emma nicht zu früh sagen. Ich kann nichts essen, so glücklich bin ich. Letzte Nacht gegen vier Uhr setzte ein furchtbarer Wind ein. Ich dachte, alle Bäume würden umstürzen; ich konnte hören, wie die Äste gegen das Haus schlugen. Ich dachte, der Kamin würde herunterkommen. Das Haus bebte, und ich dachte an das Haus, das auf dem Felsen Petri errichtet ist. Ich hatte furchtbare Angst. Emma wachte nicht auf. Stundenlang ging es im Dunkeln so weiter, und ich betete darum, daß wir alle gerettet würden. Da trat plötzlich eine Windstille ein. Es war sehr finster, und mein Herz pochte so heftig, daß ich glaubte, ich würde sterben. Mir fiel kein Gebet mehr ein. Da begann plötzlich direkt über dem Kopfende des Bettes eine leise Stimme zu sprechen. Ich bekam die Wörter nicht so genau mit, es waren eigentlich keine Wörter, wie ich sie kannte, aber es kam mir so vor, als würde ich sie verstehen. Was für eine Last fiel mir da von der Seele! Dann war ich so glücklich, daß ich Emma aufweckte und sagte: ›Emma, Emma, Christus ist hier. Gerade eben war er hier, in diesem Zimmer. Steh auf und bete mit mir.‹ Emma stand auf und kniete nieder, dann sagte sie, der Fußboden sei kalt, und wollte den Teppich herüberziehen, unter unsere Knie. Ich sagte: ›Nein, Emma. Wozu brauchen wir Teppiche, wenn Christi ganze Liebe uns die Herzen wärmt?‹ Danach machte sie keine Einwände mehr, und ich betete lange, auch für Flora. Als wir ins Bett zurückkehrten, erzählte ich Emma von der Stimme, die ich gehört hatte.«

Am nächsten Tag suchte Lucy den baptistischen Geistlichen auf und sagte ihm, sie habe beschlossen, seiner Kirche beizutreten. Er war ein sehr strenger Mann, älter als der presbyterianische Geistliche, und Lucy hatte sogleich das Gefühl, er sei ein sehr viel besserer Mensch.

Aber es tauchte ein Problem auf, an das sie nicht gedacht hatte. Sie glaubte nun inbrünstig an die Wichtigkeit der Taufe durch Untertauchen, wie sie von den Baptisten gemäß ihren Vorstellungen von den Methoden Johannes des Täufers praktiziert wird. Ohne Untertauchen konnte sie nicht beitreten, aber der Fluß war natürlich zugefroren. Sie würde also warten müssen, bis das Eis brach.

Sie konnte es kaum aushalten. In ihrem heftigen Ver-

langen, getauft zu werden, und vor lauter Enttäu-
schung vergaß sie, daß sie ihren Schwestern von ihrem
Glaubenswandel nichts hatte sagen wollen. Es schien ihnen jedoch nicht allzu viel auszumachen, aber als sie die
beiden danach fragte, stellte sich heraus, daß sie nicht
mit ihr übertreten wollten.

Lucy war so aufgeregt, daß ihre Schwestern sie um
fünf Uhr zu Bett brachten. Emma wickelte eine heiße
Herdplatte in ein Tuch und schob sie ihr ans Fußende.

»25. Januar. Letzte Nacht fühlte ich mich ganz elend
und habe viel geweint. Ich dachte daran, wie Mutter mir
immer das Beste von allem gab, weil ich die Kleinste war,
und daß ich es nahm und nicht an meine Schwestern
dachte. Emma sagte: ›Um Himmels willen, Lucy, hör auf
zu weinen.‹ Ich erklärte es ihr, und das besänftigte sie.
Sie stand auf und zündete die Lampe an. Als ich den
Lampenschimmer auf ihrem Gesicht sah, mußte ich wieder weinen. Sie ging hinüber und weckte Flora, die
ihren grauen Morgenrock anzog und sich in den Schaukelstuhl setzte. Sie wollte mir etwas zu essen machen,
aber ich sagte nein. Die Lampe fing an zu qualmen. Der
Rauch stieg direkt zur Decke und roch sehr stark und
süßlich, wie Geranien. Ich fing an, zu lachen und zu weinen, gleichzeitig. Flora und Emma redeten miteinander,
aber da redeten anscheinend noch andere Leute, auch
die Stimme über dem Kopfende des Bettes.«

Ein paar Tage später wurde Lucy sehr traurig. Sie
konnte weder beten noch irgend etwas im Haus erledigen. Den ganzen Tag über saß sie am Fenster.

Am Nachmittag deutete sie auf die Straße, die zwischen zwei Baumreihen auf die Berge zulief, und sagte:
»Flora, weshalb ist es wichtig, wohin die Straße führt?«

Emma und Flora trennten gerade Emmas blaues Seidenkleid auf, um eine Bluse daraus zu machen. Eine Motte kroch an der Fensterscheibe herum. Emma sagte: »Hol die Klatsche, Lucy.«

Lucy stand auf, setzte sich dann wieder hin und sagte noch einmal: »Weshalb ist es wichtig?«

Sie holte ihren Jumbo Scribbler hervor und schrieb aus dem Gedächtnis alle Strophen von »Kehr, oh kehr zurück, du himmlische Taube« hinein.

Nach dem Abendessen wirkte sie fröhlicher. Sie saßen abends jetzt in der Küche, weil es dort wärmer war. Es brannte nur eine einzige Lampe, so daß es im Raum ziemlich dunkel war und man den roten Kreis um die Herdplatten sehen konnte.

Plötzlich stand Lucy auf.

»Emma, Emma, Flora. Ich sehe Gott.«

Sie trat auf den Herd zu.

Gott, Gott saß auf dem Küchenherd und glühte, brannte, erfüllte die ganze Küche mit einer köstlichen Hitze und einem Duft von zerlassenem Fett und Süße.

Lucy war sich seines Leibes deutlicher bewußt als seines Gesichts. Über seiner schönen glühenden Körperfülle hing ein Strahlenkranz, wie bei einer Sonnenblume. Er erhellte die Gesichter von Flora und Emma auf beiden Seiten des Herds. Der Herd konnte ihn nicht verbrennen.

»Seine Füße stecken in der Hölle«, erklärte sie ihren Schwestern.

Danach war Lucy lange Zeit guter Dinge, und fast alles schien so zu sein wie im vorigen Winter, nur daß Lucy allein zum Gottesdienst und zur Gebetsversammlung der Baptisten ging.

Sie sprach oft von ihrem Beitritt. Es war ein paarmal vorgekommen, daß man, wenn Leute im Winter der Kirche beitreten wollten, ein Loch ins Eis gehauen hatte, um ein Taufbecken zu schaffen. Lucy bat den Geistlichen, es für sie genauso zu machen. Der aber meinte, in ihrem Fall sei es unnötig.

Der eine, bei dem man es so gemacht hatte, war ein Farmer gewesen, der aufgehört hatte, zu trinken und seine Frau zu mißhandeln. Er hatte selbst das Eis aufgehackt. Der andere war ein junger Mann gewesen, ebenfalls ein bekehrter Säufer, der inzwischen gestorben war.

Flora sagte: »Ach, Lucy, warte doch, bis das Eis abgeht.«

»Ja«, sagte Lucy verbittert, »bis meine Seele für immer verloren ist.«

Sie betete um einen zeitigen Frühling.

Am neunzehnten März wachte Flora auf und hörte den vertrauten, alljährlich wiederkehrenden Ton, ein schwaches Dröhnen, gesäumt von Splittergeräuschen, wie wenn Glas zerschellt.

»Gott sei Dank«, dachte sie. »Jetzt will sich Lucy vielleicht gar nicht mehr taufen lassen.«

Alle hatten gehört, daß das Krachen einsetzte, drüben in den Bergen; und alle waren an der Brücke. Lucy, Emma und Flora gingen auch hin. Das Eis türmte sich fünf oder sechs Meter hoch zu schimmernden Wänden, aus denen man himmlische Paläste bauen konnte, und trieb dann langsam stromabwärts.

Hier und da wurde ein Fleck dunkelbraunen Wassers sichtbar. Lucy war bestürzt, denn sie hatte sich das Wasser, in dem sie getauft werden würde, kristallklar oder blaßblau vorgestellt.

Die Taufe fand am vierundzwanzigsten statt. Sie war wie alle anderen, und auch daß sie so früh im Jahr stattfand, war für das Dorf nichts Ungewöhnliches, wenngleich um diese Zeit sonst meist inbrünstige junge Männer getauft wurden.

Ein paar Einspänner hielten am Ufer, die der Chormitglieder, die mit Mantel und Hut dastanden, zu dritt oder zu viert um ein Gesangbuch geschart. Die meisten Zeugen standen auf der Brücke und schauten herunter. Ein Junge oder ein junger Mann wagte es natürlich auch diesmal, über das Geländer zu spucken.

Das Wasser stand sehr hoch, es war schlammig, mit Inseln aus gelbem Schaum. Der ganze Himmel war bewölkt, ein dichtes, gefälteltes Grau. Flora sah die vereisten Wurzeln eines Baumes, die bis in den Fluß herunterreichten, und die Schneeflecken, die so gelb waren wie der Schaum.

Der Talar des Geistlichen, den er nur zu solchen Anlässen trug, bauschte sich, bis das Wasser ihn ganz herunterzog. Er hielt ein sauberes, gefaltetes Taschentuch in der Hand, das er Lucy im richtigen Augenblick vor den Mund halten würde. Auch sie trug einen Talar und wirkte darin größer und dünner als sonst.

Der Chor sang »Ich komme, Herr, komme zu Dir« – wie immer viel zu langsam – und außerdem »Wollen wir ans Ufer gehen, wo strahlend Engelfüße wandelten?« Nach der Taufe sollten sie etwas Fröhlicheres und Schnelleres singen, aber so lange blieben die Schwestern nicht.

Lucy ging ohne Bewegung unter. Flora und Emma dachten, sie würde nie mehr hochkommen.

Flora hielt schon Emmas schweren Mantel bereit, um Lucy darin einzuhüllen. Es war nicht gerade üblich, wie

Emma in dem von Mrs. Captain Green geliehenen Einspänner saß, um nach Hause zu fahren, sobald Lucy das
Ufer erreicht hatte. Sie hatte schon die Zügel in der
Hand und konnte es sich kaum verkneifen, die Peitsche
in die andere Hand zu nehmen.

Schließlich war es vorüber. Sie nahmen die triefende
Lucy in die Mitte. Ihr Haar hatte sich gelöst. Gott sei
Dank wohnten sie nicht weit vom Fluß entfernt!

Am nächsten Tag hatte sie einen schweren Schnupfen.
Emma und Flora pflegten sie eine Woche lang, dann
setzte sich die Erkältung in ihrer Brust fest. Lucy wollte
nicht im Bett bleiben. Nur mit Mühe konnten sie sie dazu
bringen, sich auf die Couch in der Küche zu legen.

An einem Nachmittag glaubten sie, Lucy habe hohes
Fieber. Spät am Tag kam Gott noch einmal in die Küche.
Lucy ging auf den Herd zu, schreiend.

Emma und Flora zogen sie zurück, aber erst nachdem sie sich ihre rechte Hand arg verbrannt hatte.

An diesem Abend holten sie den Doktor, doch am
nächsten Abend starb Lucy, und während sie starb, rief
sie die Namen ihrer Schwestern.

Der Tag, an dem sie beerdigt wurde, war der erste
schöne Tag im April, und das Dorf nahm großen Anteil,
obwohl die Straßen noch tief verschlammt waren. Von
Jed Leighton kam eine schöne Pflanze, die er aus der
Stadt schicken ließ, ein Busch aus weißen Blüten. Die
anderen hatten all ihre Geranien abgeschnitten, rot,
weiß und rosa.

1937

Das Meer & seine Küste

IRGENDWANN wurde an einem unserer großen öffentlichen Strände ein Mann angestellt, der den Sand von Papier freihalten sollte. Zu diesem Zweck gab man ihm einen Stock oder Stecken, in dessen unterem Ende ein langer, blanker Nagel steckte.

Da er nur nachts arbeitete, wenn der Strand verlassen war, gab man ihm außerdem eine tragbare Laterne.

Seine übrige Ausrüstung bestand aus einem großen Drahtkorb, in dem er das Papier verbrennen konnte, einer Schachtel Streichhölzer, um es in Brand zu stecken, und einem Haus.

Dieses Haus war sehr interessant. Es war aus Holz, hatte ein schräges Dach, war etwa einszwanzig mal einszwanzig mal einsachtzig groß und stand auf Holzpfosten im Sand. Es hatte kein Fenster, im Türrahmen hing keine Tür, und drinnen war überhaupt nichts. Es gab nicht einmal einen Besen, so daß sich unser Freund zuweilen auf die Knie niederließ und mit seinen Händen den Sand hinausfegte, den er mit seinen Schuhen hereingeschleppt hatte.

Wenn der Wind am Strand zu stark oder zu kalt wurde, wenn der Mann müde war oder wenn er lesen wollte, setzte er sich in das Haus. Entweder ließ er die Beine über die Türschwelle baumeln, oder er saß im Schneidersitz drinnen.

Eigentlich war es eher die Idee eines Hauses als ein

richtiges Haus. Auf der Skala der verschiedenen Vorstellungen von Häusern hätte es an beiden Enden stehen können. Es hätte ein perfektes Spielhaus für ein Kind abgeben können oder auch das ideale Haus für einen Erwachsenen – denn alles, was die meisten Häuser zur Plage macht, war beseitigt.

Es war ein Obdach, aber nicht zum Darinwohnen, sondern zum Darindenken. Zum gewöhnlichen Haus verhielt es sich ungefähr wie die feierliche Denkermütze zum normalen Hut.

Nach den Gesetzen der Natur sollte ein Strand natürlich, genau wie eine Katze, in der Lage sein, sich selbst rein zu halten. Wir alle haben sie gesehen:

Die wallenden Wasser beim priesterlichen Werk,
Des Erdrunds Menschenstrände reinzuwaschen.

Aber das Tempo des modernen Lebens ist zu hoch. Unsere Pressen stoßen zuviel bedrucktes Papier aus, das irgendwie seinen Weg an unsere Meere und deren Küsten findet, als daß die Natur noch allein damit zurechtkäme.

Deshalb hätte man von Mr. Boomer, Edwin Boomer, eigentlich sagen können, daß auch er zur »Priesterschaft« gehörte.

Allnächtlich wanderte er im Dunkeln über eine Strecke von mehr als einer Meile hin und her, mit seiner Laterne und seinem Stecken in der Hand und einem Kartoffelsack auf dem Rücken, in den er das Papier stopfte – ein malerischer Anblick, in mancher Hinsicht wie ein Rembrandt.

Edwin Boomer führte ein Leben, wie es literarischer

nicht hätte sein können. Kein Dichter, kein Romancier und kein Kritiker, auch wenn er sich acht Stunden am Tag über seinen Schreibtisch beugt, kann sich eine Vorstellung davon machen, mit welcher Intensität sich dieser Mann auf die Welt der Buchstaben konzentrierte.

In die kleine Lichtwolke vor seiner Laterne getaucht, hielt er den Kopf stets vornüber gebeugt, während seine Augen den Sand absuchten oder die Seiten und Papierfetzen studierten, die er fand.

Immerfort las er. Seine Schultern waren gekrümmt, und schon kurz nachdem er seine Aufgabe übernommen hatte, mußte er sich eine Brille besorgen.

Papiere, die auf den ersten Blick nicht interessant schienen, stopfte er in seinen Sack; solche, die er genauer studieren wollte, steckte er in seine Taschen. Später strich er sie dann auf dem Boden des Hauses glatt.

Infolge dieses ständigen Zwangs zur Unterscheidung hatte er sich zu einem exzellenten Kenner entwickelt.

Manchmal spießte er ein wertloses oder unbedrucktes Papierstück nach dem anderen auf, bis der Nagel, wie man hätte sagen können, von der Spitze bis zum Heft voll war. Er glich dann einem jener Gegenstände des täglichen Bürobedarfs, die man oft auf den Schreibtischen unordentlicher Geschäftsleute und Ärzte findet. Manchmal hielt er ein Streichholz an diesen Papierstapel und trug dann, während er weiterging, den Stecken wie eine Fackel vor sich her, als steckten seine bezahlten Rechnungen daran oder eines jener feurigen Fleischgerichte, die man Kebab nannte und in russischen oder syrischen Restaurants bekam.

Aber außer zum Lesen und zu solchen gelegentlichen Illuminationen konnte er Papier, vor allem Zeitungspapier, auch anders verwenden. Im Winter konnte er es sich unter den Mantel stopfen, um den kalten Seewind abzuhalten. In dieser Jahreszeit konnte er auch mehrere Schichten davon auf dem Boden des Hauses ausbreiten, zu dem gleichen Zweck. Bei seiner ausgedehnten Lektüre hatte er irgendwo einmal gelesen, daß die Druckerschwärze, die zum Drucken von Zeitungen verwendet wird, geeignet ist, Gerüche zu vertreiben; aber ihm fiel nicht ein, wie er sich diese Eigenschaft hätte zunutze machen können.

Er war mit allen Papierqualitäten in allen Graden von Durchnässung und Trockenheit wohlvertraut. Feuchtes Zeitungspapier war nur schwach durchscheinend. Es blieb ihm an Füßen oder Händen kleben, und statt zu reißen löste es sich auf eine Weise, die ihn anwiderte, langsam in Fetzen auf.

Wenn es von Seewasser ganz durchnäßt war, konnte man es zu Kugeln oder anderen Figuren formen. Ein- oder zweimal, als er betrunken war (Boomer kam in der Regel mehrmals die Woche in diesem Zustand zur Arbeit), hatte er versucht, ein bißchen zu modellieren. Aber sobald die Büsten und die Tiere, die er angefertigt hatte, getrocknet waren, verbrannte er auch sie.

Zeitungspapier vergilbt rasch, schon nach einem Tag unter freiem Himmel. Manchmal fand er eine Zeitung von vorgestern, die, halb zusammengefaltet, halb zerknüllt, achtlos weggeworfen worden war. Wenn er sie ins Licht der Laterne hielt, fiel ihm noch vor den Kriegsberichten und den Morden die Wirkung der vergilbten Ekken an den weißen Seiten und der Kontrast zwischen den äußeren und den inneren Seiten auf. Sehr alte Zeitungen nahmen beinahe die Farbe des Sandes an.

In Nächten, in denen Boomer völlig betrunken war, bestand das Meer aus Benzin und war ungeheuer gefährlich. Nach jedem Satz, den er las, sah er sich ängstlich über die Schulter nach ihm um, und sein Feuer machte er weit hinten auf dem Strand. Das Meer schimmerte ölig und explosiv. Er war verrückt genug, zu glauben, daß es sich entzünden und ihm die einzige Möglichkeit, seinen Lebensunterhalt zu verdienen, rauben konnte.

In windigen Nächten war es schwieriger, den Strand zu säubern, und Boomer glich dann eher einem Jäger als einem Sammler.

Aber dem Flug der Zeitungen zuzusehen war immer interessant. Er hatte viele sorgfältige Vergleiche zwischen ihnen und den Vögeln angestellt, die gelegentlich durch den Strahl seiner Laterne flogen.

Ein Vogel, getrieben von einem Gehirn, von alter Tradition und dem oftmals begreifbaren Verlangen, einen Ort zu erreichen oder irgend etwas zu ergattern, flog natürlich auf einer absichtsvollen Linie oder in einer Reihe von Kurven, die Teile einer solchen Linie waren. Man konnte auch den Unterschied zwischen seinen zielgerichteten Flügen und jenen Flügen erkennen, die nur Eindruck machen sollen.

Die Zeitungen indessen hatten kein erkennbares Ziel, kein Gehirn, kein Gattungs- oder Gruppengefühl. Sie stiegen in die Höhe, fielen wieder herab, konnten sich nicht entschließen, zauderten, sackten zu Boden, flogen direkt in ihr Verderben auf dem Meer oder machten in der Luft kehrt, um über dem Sand abzustürzen und dann reglos liegenzubleiben.

Wenn sie eine bestimmte Art bevorzugten, dann anscheinend die, schräg nach der Seite wegzugleiten.

Sie nutzten die Luftströmungen geschickter und überließen sich ihnen auf eine einfallsreichere Art und Weise, als es die oft eigensinnigen Vögel taten. Sie waren auch nicht stolz auf ihre Kunstfertigkeit und schienen nichts zu ahnen von dem Mut und der Arglosigkeit, die sie zur Schau stellten, und ebensowenig von Boomer, der darauf wartete, sie mit seinem spitzen Nagel einzufangen.

Die Mittelfalte der großen Tageszeitungen wirkte wie eine Art Rückgrat, aber die Flügel waren nicht koordiniert. Die Boulevardzeitungen flogen etwas besser als die großformatigen Blätter. Kleine zerknüllte Papierfetzen trieben es besonders toll.

In manchen Nächten schien die Luft voll von ihnen. Dem trunkenen Boomer kam es so vor, als würden sich die Buchstaben von den Seiten lösen und davonfliegen. Er reckte seine Laterne und den Stecken hoch und lief mit wedelnden Armen umher, während die Schlagzeilen und Sätze ihn umflatterten wie einen Mann, der einen Taubenschwarm verscheucht.

Wenn er sie mit dem Nagel durchstieß, dachte er an Coleridges *Alten Seefahrer* und den Albatros, denn selbstverständlich war ihm dieses beklemmende Gedicht schon viele Male vor die Füße geraten.

Am meisten schaffte er in windstillen Nächten, in denen er am frühen Morgen manchmal sogar mehrere Stunden für sich hatte. Im Schneidersitz setzte er sich dann in das Haus und hängte die Laterne an einen Nagel, den er in der richtigen Höhe eingeschlagen hatte. Die splittrigen Wände schimmerten, und in der winzigen Behausung wurde es ziemlich warm.

Seine Studien ließen sich in drei Gruppen einteilen, und in Gedanken gliederte er sie selbst auf diese Weise.

Erstens und am häufigsten: alles, was anscheinend ihn selbst betraf, seinen Beruf, irgendwelche Anweisungen oder Warnungen, die damit zu tun hatten.

Zweitens: Geschichten von anderen Leuten, die seine Phantasie fesselten und deren Werdegang er von Tag zu Tag in Zeitungen und Bruchstücken von Büchern und Briefen verfolgte; und nach deren weiteren Abenteuern er stets Ausschau hielt.

Drittens: Stücke, die er überhaupt nicht verstand, die ihn völlig ratlos machten, zugleich aber auch so sehr interessierten, daß er sie aufhob, um sie zu lesen. Mit aller Kraft versuchte er, sie zuerst der einen und dann der anderen der beiden Kategorien zuzuordnen.

Wir geben einige Beispiele für diese Gruppen.

Aus der ersten: »Der Exerzitienteilnehmer wird dabei um so mehr gewinnen, je mehr er sich von allen Freunden und Bekannten und von allen irdischen Sorgen löst, indem er beispielsweise das Haus, in dem er bisher wohnte, verläßt und in ein anderes Haus oder ein anderes Zimmer zieht, um dort in möglichster Abgeschiedenheit zu verweilen… [unleserlich] und gelangt schließlich dahin, sich seiner natürlichen Anlagen freier zu bedienen, indem er gewissenhaft das sucht, wonach er sich so sehr sehnt.«

Das war wirklich klar genug.

Beunruhigen konnte ihn eine Warnung der folgenden Art: »Das gewohnheitsmäßige Überfliegen periodischer Druckerzeugnisse könnte man mit gutem Grund in Averrhoes Katalog der *Anti-Mnemonica* oder Gedächtnisschwächer aufnehmen. Auch ›Verzehr unrei-

fer Früchte; Betrachten von Wolken und anderen be-
weglichen, in der Luft schwebenden Dingen (das
paßte); Reiten inmitten einer Vielzahl von Kamelen;
häufiges Lachen (das nicht); Anhören vieler Witze und
Anekdoten hintereinander; die Angewohnheit, Grab-
steine auf Kirchhöfen zu lesen, usw.‹« (Diese letzten
paßten vielleicht auch.)

Aus der zweiten Kategorie: »Sie schlief ungefähr zwei
Stunden und kehrte dann an ihren Platz in dem Loch
zurück. Sie hatte eine amerikanische Fahne dabei, die
sie neben sich aufpflanzte. Ihr Mann brachte ihr etwas
zu essen hinaus, und sie erklärte, sie beabsichtige, so
lange in dem Loch auszuharren, bis das Öffentliche Ver-
sorgungsunternehmen den Plan aufgibt, dort einen
Mast zu errichten.«

Zwei Nächte lang fragte sich Boomer, was mit dieser
Lady los sei. In der dritten fand er dieses, und aus seiner Sicht der Dinge schien es die Situation ein wenig zu
klären. Es war ein Stück von einer Buchseite, während
der erste Teil ein Fetzen Zeitungspapier gewesen war.

»Ihre Ladyschaft hegte die Annahme, daß sie in
jedem Augenblick ihres Lebens jedweden Vorteil
wahrte – und dies machte sie wunderbar freundlich,
fast großzügig; so machte sie keinen Unterschied zwischen den winzigen, hervortretenden Augen kleinerer,
gesellig lebender Insekten, die oft mit einer solchen
Sehkraft ausgestattet waren, und den…«

Aber es dauerte vielleicht weitere zwei Nächte oder
auch zwei Wochen, bis er die nächste Fortsetzung dazu
fand.

In der dritten Gruppe – Dinge, die ihn faszinierten,
aber ratlos machten – hob Boomer Krimskrams wie die-

ses Stück auf (einen kleinen, nicht zerrissenen rosa Papierstreifen):

»*Scherzbrille mit Schiebeaugen.* Brille aufsetzen und Mundstück in den Mund nehmen. In regelmäßigen Abständen Luft hineinblasen; Augen und Augenbrauen heben und senken sich dann entsprechend. Die Bewegung läßt sich schnell oder langsam ausführen, je nachdem, welche Scherzwirkung erzielt werden soll. Wenn bei großen Köpfen die Bügel zu kurz sind, die gebogenen Teile durch Biegen entsprechend anpassen. Zelluloid ist brennbar! Bringen Sie Ihre Brille deshalb nicht in die Nähe einer offenen Flamme!«

Im Grunde mußte dies zu den Warnungen gehören, die ihm galten. Aber auch wenn er die letzte Warnung bereitwillig beherzigte, blieb ihm in den Anweisungen zu Anfang doch manches unverständlich.

Und dies, mit Bleistift auf Briefpapier geschrieben, verblaßt, aber lesbar:

»Mit meinen Zähnen ging es mir nicht gut, und ich habe mir drei große ziehen lassen, denn sie machten mich nervös und krank, und aus diesem Grund konnte ich meine letzte Übung nicht einschicken, obwohl ich immer denke, daß ich genauso schreiben kann wie all die Autoren, ich glaube nämlich, daß mir das mehr liegt als jede andere Arbeit, ich konzentriere mich nämlich vielmals und wiederholt auf die Übungen.

Mr. Margolies, ich denke immer daran, wie diese Autoren solche langen Geschichten von 60000 oder 100000 Wörtern in diesen Zeitschriften schreiben und woher sie ihre Phantasie und den Stoff nehmen.

Ich würde auch sehr gern solche Geschichten schreiben wie diese Schriftsteller.«

Solche kindlichen Wünsche hegte Boomer zwar nicht, aber er spürte, daß die dort gestellte Frage etwas mit seiner eigenen Lebensweise zu tun hatte; eigentlich hätte man sie ihm genausogut stellen können wie dem unbekannten Mr. Margolies. Aber wie lautete die Antwort? Je mehr Papier er aufsammelte und je mehr er las, desto weniger hatte er das Gefühl zu verstehen. In gewissem Sinne war er von »ihrer Phantasie« abhängig und war sogar ihr Sklave, aber gleichzeitig stellte er sich diese Phantasie wie eine Art Krankheit vor.

Hier noch ein Rätsel, wie unser Freund sie sich selbst stellte. Es stand in blasser Schrift auf sehr altem, braunen Papier (zwischen den Verwirrungen der Prosa und denen der Poesie machte er keinen Unterschied):

Wie ein einäugig Zimmer, verhängt mit Nacht,
Nur jene Seite, die dem Auge abgewandt,
Bietet dem Lichte einen schmalen Schacht,
Ist ausgelegt mit einer weißen, schimmernden Tapete,
Und hundert Formen,
Durch die Lüfte taumelnd ohne Ziel,
Drängen kühn herein und füllen jenen engen Weg,
Tanzend an der hellen Wand in geisterhaftem Spiel.

Das klang, als hätte er es selbst erlebt. Zuerst erschien ihm sein Haus wie das »einäugige Zimmer, verhängt mit Nacht« und dann sein ganzes nächtliches Leben am Strand. Zuerst waren die in der Luft herumwirbelnden Zeitungen, dann das, was auf ihnen gedruckt stand, die »hundert Formen«.

Müssen wir erklären, daß Boomer, wenn er sich schließlich an seine Lektüre begab, meist nicht sehr betrunken war? Der Alkohol war verflogen. Er kam sich immer noch einsam und wichtig vor, aber auf eine unnatürliche Weise auch hellwach.

Aber was bedeutete dies alles?

Ob wegen der Heerscharen gedruckter Buchstabeninsekten, die fortwährend seine Augen belagerten, oder weil es wirklich so war – schon nach wenigen Jahren kam es ihm so vor, als sei auch die Welt, die ganze Welt, die er sah, gedruckt.

Boomer hielt die Laterne hoch und beobachtete einen Uferläufer, der unruhig hin- und herhuschte.

Seine überanstrengten Augen sahen ihn wie einen Punkt, der gegen die »rund rollenden Wogen« den Satzschluß markiert. Der Vogel hinterließ feine Abdrücke im Sand. Sein Gefieder war gesprenkelt; und vor allem auf dem schmalen Flügelsaum waren Zeichen erkennbar, die wie Buchstaben aussahen. Wenn er nur nah genug herankommen könnte, um sie zu lesen.

Manchmal fühlten sich die Leute, die tagsüber den Strand besuchten und die er nie sah, bemüßigt, etwas in den Sand zu schreiben. Boomer meinte, daß es wohl zu seinen Pflichten gehörte, auch diese Schreibereien zu verwischen. Er senkte seine Laterne, um »Franz Xaver Schule«, »Lillian« und »Zum Teufel« sorgfältig wegzuscharren.

Der Sand selbst ähnelte, wenn er etwas davon in die Hand nahm und vor ein Auge hielt, bedrucktem Papier, das man zermahlen oder zerkaut hatte.

Aber der beste Teil seiner langen, fleißigen Nächte kam, wenn er den ihm zugewiesenen Bezirk gesäubert hatte und sich daranmachte, das in den Drahtkorb gestopfte Papier in Brand zu stecken.

Vom Trinken oder vom vielen Lesen spürte er schon eine Hitze auf der Stirn, aber er trat so nah er konnte an die Fieberhitze des brennenden Papiers und beobachtete die Einäscherung in allen Einzelheiten.

Gemächlich und ohne Hast stieg die Flamme an einer Papierkante hinauf, und einen Augenblick später krümmte sich das schwarze Papier nach unten oder oben. Es verdrehte sich zu Formen, die manchmal wie schöne schmiedeeiserne Werkstücke aussahen, aber nachher zerfielen sie beim geringsten Lufthauch.

Große Flocken von geschwärztem, an den Rändern noch rot glimmendem Papier stiegen in den Himmel auf. Solange seine Augen ihnen folgen konnten, sah er kluge, schüttere Flugbewegungen, wie er sie sonst nie beobachten konnte.

Dann blieben nur zarte Ascheblättchen übrig, weiß wie das ursprüngliche Papier und weich, wenn man sie berührte, ein Bündel grauen Flaums wie von einem Perlhuhn.

Doch darauf kam es an, daß zuletzt alles verbrannt wurde. Alles, alles mußte verbrannt werden, auch die verwirrenden Fetzen, die er wochen- und monatelang mit sich herumgetragen hatte. Papierverbrennen war sein Beruf, damit verdiente er sein Geld, und außerdem konnte er nicht zulassen, daß sich seine Taschen zu sehr füllten oder daß sein Haus in Unordnung geriet.

Zwar freute er sich über das Feuer, aber über dessen Unausweichlichkeit freute sich Edwin Boomer nicht. Lassen wir ihn denn in seinem Haus allein, eines Morgens um vier, der Lesestoff liegt bereit, die Verbrennung ist vorüber, die Laterne leuchtet hell. Es ist ein

höchst malerisches Bild, in mancher Hinsicht wie ein
Rembrandt, in vieler Hinsicht aber auch nicht.

1937

Im Gefängnis

ICH KANN DEN TAG meiner Inhaftierung kaum erwarten. Dann nämlich wird mein Leben, mein wirkliches Leben beginnen. Wie schon Nathaniel Hawthorne in *Das Auskunftsbüro* sagt: »Ich will einen eigenen Platz, den richtigen Platz für mich, einen wirklichen Platz in der Welt, eine Umgebung, die zu mir paßt, etwas Eigenes, das zu erringen die Natur mir aufgab… und wonach ich mein Leben lang vergebens strebte.« Ich selbst bin in diesem Punkt weniger sehnsuchtsvoll und habe auch nicht »mein Leben lang« gestrebt. Ich weiß seit vielen Jahren, in welcher Richtung meine Talente und die »Umgebung, die zu mir paßt« liegen, und ich war schon immer versessen darauf, sie endlich zu betreten. Wenn dieser Tag gekommen ist und ich die Formalitäten hinter mir habe, werde ich eine genaue Vorstellung davon haben, wie ich an die Erfüllung jener Pflichten gehen werde, die »die Natur mir aufgab«.

Der Leser oder meine Freunde, vor allem jene, die meine Lebensweise ein wenig kennen, werden einwenden, eine wirkliche Inhaftierung sei in meinem Falle nutzlos, da ich im Hinblick auf die Gesellschaft schon ganz so lebe, als säße ich bereits im Gefängnis. Ich kann das nicht bestreiten, möchte aber auf den philosophischen Unterschied zwischen Freiheit und Notwendigkeit hinweisen. Wenn ich tatsächlich schon jetzt so leben würde, als säße ich im Gefängnis, und selbst wenn ich mich in der Nähe eines Gefängnisses oder sogar in einem Gefängnis einquartieren und den Gefängnisalltag bis in jede Einzelheit mitmachen würde – dann wäre ich immer noch ein »Minister ohne Portefeuille«. Das Hoteldasein, das ich zur Zeit führe, läßt sich, wie mir scheint, in mancher Hinsicht mit dem Gefängnisleben vergleichen: die Flure, die zellenartigen Räume, die vielen Menschen, zwischen denen keinerlei Verbindung besteht, die sich dort, von ganz verschiedenen Absichten getrieben, aufhalten; dennoch gibt es auch große Unterschiede. Und natürlich läßt sich auch im schäbigsten Hotel das »dekorative Element« einfach nicht übersehen, die Orientteppiche, die Löschschläuche mit ihren Messingverzierungen, die Vorhanghaken im Querbalken über der Tür usw. – sich in einer solchen Umgebung vorzustellen, man sei im Gefängnis, ist einfach lächerlich! Ein Beispiel: Das Zimmer, in dem ich zur Zeit wohne, ist mit einer sehr gefälligen Tapete ausgekleidet, die mit silbernen, ungefähr vier Zentimeter breiten, in gleichbleibenden Abständen von oben nach unten verlaufenden Streifen gemustert ist. Diese Streifen überziehen ein frei gestaltetes Rankenwerk blühender Reben vor einem blaßbraunen Hintergrund. Wenn man nun abends das Licht andreht, reflektieren die Streifen das Licht, sie glänzen, und es sieht so aus, als lösten sie sich von den Reben und den Blüten, als träten sie ein wenig hervor – oder vielmehr zu mir herein und als schlössen sie mich von den Pflanzen ab. Ich könnte mir fast vorstellen, wenn es zu etwas nütze wäre, daß ich in einem großen silbernen Vogelkäfig sitze! Aber es ist bloß eine Phantasie, eine Parodie auf meine wirklichen Hoffnungen und meine sehnlichsten Wünsche.

Man muß *drin* sein; das ist die erste und wichtigste Bedingung. Und dennoch habe ich von einsamen Dörfern oder Inselstädtchen in unseren Südstaaten gehört, wo die Gefangenen gar nicht richtig eingesperrt sind! Sie werden in eine auffällige Uniform gesteckt, meistens die bekannte malerische Montur mit waagerechten schwarzen und weißen Streifen, dazu eine randlose Mütze aus dem gleichen Stoff und manchmal, aber nicht immer, ein Fußeisen. Dann werden sie jeden Morgen mit Vorbedacht auf freien Fuß gesetzt und müssen bestimmte Arbeiten verrichten, die man ihnen in der Stadt zugewiesen hat, oder sie müssen sich selbst irgendeine Arbeit suchen. Ich selbst habe sie schon beim Wasserpumpen gesehen oder wie sie Straßen gefegt und sogar Hausfrauen beim Fensterputzen oder beim Teppichklopfen geholfen haben. Eine der wirkungsvollsten Szenen, die ich je gesehen habe – ich meine, vom farblichen Kontrast her –, bildete ein Trupp solcher schwarzweiß gestreifter Freigänger, die ein Gehölz aus tropischen Sträuchern auf dem Rasen eines öffentlichen Gebäudes wässerten oder sonstwie pflegten. Es bestand aus verschiedenen Arten von Büschen und Pflanzen, und jeder Busch hatte leuchtend bunte oder besonders auffällig gezeichnete Blätter. Einer von ihnen, das weiß ich noch, hatte lange Blätter, die wie Messerklingen aussahen und sich, wenn sie größer wurden, zu lockeren Spiralen drehten. Die obere Seite war magentarot, die untere ockergelb. Ein anderer Busch hatte große, flache Blätter, glänzend und dunkelgrün, auf die wunderbare, kreidiggelbe Arabesken gezeichnet waren. Diese Muster im Kontrast zu den derben Streifen der Gefängnisuniformen ergaben ein außergewöhnliches, wenngleich etwas überladenes Bild.

Aber auf dem Dasein dieser Gefangenen, falls man sie als solche bezeichnen kann, lastet gewiß der immerwährende Verdruß aller Halbheiten: »nicht zu wissen, woran man ist«. Es gab eine feste Regel: Um neun Uhr mußten sie sich im Gefängnis, dem »Hauptquartier«, zurückmelden und wurden dann für die Nacht eingeschlossen; aber wie ich erfuhr, kam es recht häufig vor, daß ein oder zwei von ihnen, die sich ein paar Minuten verspätet hatten, die Nacht über ausgeschlossen blieben! – und dann, sofern sie aus der Gegend waren, manchmal nach Hause zurückkehrten oder sich einfach hinhockten und auf den Stufen jenes Gefängnisses schliefen, in dem sie eigentlich sicher hätten verwahrt werden sollen. Aber diese kurzsichtige, gedankenlose Auffassung vom Sinn des Gefängnisses könnte mich nie zufriedenstellen; nie würde ich mich mit solchen Haftbedingungen einverstanden erklären – nein, niemals!

Vielleicht erscheinen meine Überlegungen in dieser Frage dem einen oder anderen zu anspruchsvoll. Vielleicht kommt es Ihnen lächerlich vor, daß ich so feste Vorstellungen von den Bedingungen meiner Haft habe. Dazu möchte ich jedoch sagen, daß ich dieser Frage mehrere Jahre lang den größten Teil meiner Denkanstrengungen und meiner Aufmerksamkeit gewidmet habe und daß ich glaube, keineswegs aus rein egoistischen Motiven zu sprechen. In der Literatur gefallen mir Bücher, die von Gefangenschaft handeln, am allerbesten, und ich habe eine ganze Menge davon gelesen; wenngleich man natürlich trotz des Themas oft enttäuscht wird. Nehmen Sie zum Beispiel *Der ungeheure Raum* von Cummings. Wie habe ich den Verfasser dieses Buches beneidet! Aber es war da etwas Erkünsteltes, etwas, das mir viel Kopfzerbrechen machte, bis mir klar wurde, woran es lag: Der Verfasser war während der ganzen Zeit seiner Gefangenschaft im Grunde fest davon überzeugt, daß er am Ende freikommen werde – ein Fehler, der, wie eine Luftblase, ganz von selbst an die Oberfläche kommen und dort platzen mußte. Der Humor, der einem in diesem Buch ständig begegnet und der mich so sehr geärgert hat, läßt sich vielleicht auf die gleiche Weise erklären. Ich glaube, ich habe genausoviel Sinn für Humor wie jeder andere Mensch, aber ich fand es immer sehr schade, daß heutzutage so viele intelligente Menschen meinen, alles, was ihnen widerfahren könne, müsse auch lustig sein. Diese Meinung untergräbt und verödet zunächst das ernsthafte Gespräch und das Briefeschreiben, dringt dann immer weiter vor und verdirbt schließlich unsere Beobachtungs- und Auffassungsgabe – so kommt es mir jedenfalls vor.

Der Graf von Monte Christo hat mir früher einmal sehr gut gefallen, aber ich bezweifle, daß ich dieses Buch mit seiner Enthüllung »einer Ungerechtigkeit«, mit seiner romantischen Tunnelgräberei, der Schatzsuche usw. heute noch einmal von vorne bis hinten durchlesen könnte. Aber da es mir vorkommt, als würde ich ihm vielleicht doch viel verdanken, und da ich keinen Einfluß, auch keinen kindlichen, unterschlagen oder vernachlässigen möchte, setze ich den Titel hierher. Auch Wildes *Ballade vom Zuchthaus zu Reading* gehört zu den Schriften über dieses Thema, die mir immer unerträglich waren – ich hatte den Eindruck, daß da Dinge eingeflochten werden, die zwar von großem menschlichem Interesse sein mögen, die aber mit dem eigentlichen Thema nichts zu tun haben. »Das winzige Zelt von

Blau / von Sträflingen Himmel genannt« halte ich für vollkommenen Unfug. Meiner Meinung nach würde ein Schlüsselloch voll Himmel, mit seiner ganzen blinden, blauen Endlosigkeit, ausreichen, um jemandem eine angemessene Vorstellung vom Himmel zu vermitteln, auch wenn er ihn noch nie gesehen hat; und was heißt hier »von Sträflingen Himmel genannt«? – wir nennen ihn doch alle Himmel, nicht wahr; ich kann daran nichts Pathetisches finden, wie es der Dichter offenbar von mir erwartet. Da greife ich doch lieber zu Dostojewskis *Aufzeichnungen aus einem Totenhaus* oder *Zuchthausleben in Sibirien*. Auch wenn der Status der Gefangenen darin nicht ganz klar ist, hat man es doch zumindest mit einer Autorität zu tun, die die Grenzen und Möglichkeiten ihres Themas klar erkennt. Was die häufig veröffentlichten Bestseller von Aufsehern, Henkern, Schließern usw. angeht, so habe ich nie einen von ihnen gelesen; ich bin nämlich entschlossen, mich in meinem Blickwinkel nicht beirren zu lassen, und will mich, soweit ich es vermeiden kann, nicht mit Dingen belasten, die mich in meinem künftigen Verhalten irgendwie befangen machen könnten.

Gern hätte ich eine Zelle, die zwischen drei Meter sechzig und vier Meter fünfzig lang und etwa eins achtzig breit ist. Die Tür befände sich an einem Ende des Raums, das Fenster in ziemlicher Höhe am anderen Ende, und das Eisenbett stände an der Seitenwand – ich sehe es auf der linken Seite, aber es könnte natürlich genausogut rechts stehen. Vielleicht habe ich – vielleicht auch nicht – einen kleinen Tisch oder ein Brett, das sich an der Wand unterhalb des Fensters herunterklappen läßt, und davor einen Stuhl. Die Decke hätte ich gern ziemlich hoch. Die Wände sind nach meiner Vorstellung mit interessanten Flecken bedeckt, oder die Farbe blättert ab, oder sie sind sonstwie verunstaltet; grau oder weiß getüncht, bläulich, gelblich, meinetwegen auch grün – aber hoffentlich nicht anders gestrichen. Auch die Aussicht auf ungestrichene Bretter mit einer Vielfalt möglicher Maserungen erscheint mir mitunter reizvoll, oder Steine, wie Fliesen angeordnet oder in unregelmäßigen Formen. Eine wirkliche Gefahr bestände in einer Zelle mit roten Ziegeln; getünchte oder bemalte Ziegel hingegen könnten recht angenehm sein, vor allem wenn sie seit einiger Zeit keinen neuen Anstrich bekommen haben und wenn hier und da die Farbe abbröckelt und in einem unregelmäßig geformten, aber facettierten Rahmen (bestehend aus den früheren Anstrichen) den Blick auf das regelmäßige Mauerwerk freigibt.

Zum Blick aus dem Fenster: Ich habe mir früher mal einen Raum in der Anstalt des Mausoleums angesehen, wo der Maler V---- ein Jahr lang eingesperrt gewesen war, und was mich an diesem Raum besonders beeindruckte und nachdenklich machte, war die Aussicht. Mein Reisegefährte und ich, wir erreichten die Anstalt am späten Nachmittag und wurden von einer Nonne eingelassen, aber anscheinend war eine Familie, die in einem eigenen kleinen Haus auf dem Gelände wohnte, für die Aufsicht verantwortlich. Auf unser Rufen stürzte die ganze Familie heraus, vier Personen, die gerade beim Abendessen waren und nun alle gleichzeitig mit vollem Mund auf uns einredeten. Sie standen nebeneinander, und am Ende der Reihe scharrte ihre kleine schwarzweiße Katze eifrig im Schmutz. Es war

wie eine Szene aus einem Zeichentrickfilm. Die acht-
jährige Tochter und ein jüngerer Bruder, beide mit
je einem halben Stangenbrot versehen, sollten uns
herumführen. Zunächst durchquerten wir mehrere
lange, dunkle, zellenartige Gänge, sie waren gelb gestrichen, und auf einer Seite lagen die niedrigen blauen
Zellentüren. Die Böden waren aus Stein; die Farbe blät-
terte überall ab, aber das Ganze wirkte doch ziemlich
feierlich herausgeputzt. Der Raum, den wir ansehen
wollten, lag im Erdgeschoß. Er hätte einen traurigen
Anblick geboten, wären da nicht die beiden Kinder gewesen, die hin- und herrannten, an den Bissen ihres
Weißbrots kauten und sich gegenseitig darin zu überbie-
ten suchten, uns alles zu erklären. Aber ich komme vom
Thema ab, nämlich von dem Blick, den man aus dem
Fenster dieses Raumes hatte: Er ging direkt auf den Kü-
chengarten der Anstalt, und dahinter erstreckten sich
die offenen Felder. Rechts stand eine Reihe Zypressen.
Es wurde rasch dunkler (und schon während wir bloß
dort standen, wurde es so dunkel, daß wir den Weg hinaus ohne die Kinder nicht gefunden hätten), aber noch
heute sehe ich vor mir so klar wie auf einer Photographie die schöne Vollkommenheit des Ausblicks aus dem
Fenster: die kahlgeschorenen Felder, die schwarzen Zypressen und der Schwarm von Schwalben, die an einer
bestimmten Stelle des grauen Himmels auf- und nieder-
fuhren – nur die Felder haben ihre blasse Farbe bewahrt.

Als Aussicht wäre dies vielleicht ideal gewesen, aber
man muß alle möglichen Gesichtspunkte berücksichti-
gen, und so tröstlich und anregend dieser Ausblick gewesen wäre, ich finde, daß das, was zu einer Irrenanstalt

paßt, nicht unbedingt auch für ein Gefängnis geeignet ist. Jedenfalls erwarte ich, daß ich im Vollbesitz meiner »geistigen Kräfte« ins Gefängnis gehe – eigentlich glaube ich sogar, daß ich sie mir erst dann ganz zu eigen machen werde, wenn ich mich dort fest einquartiert habe – ich glaube, mir persönlich würde eine etwas weniger idyllische, rauhere Umgebung ganz guttun. Aber die Frage ist eine schwierige, und wahrscheinlich tut man gut daran, wenn man die Entscheidung, wie es ja ohnehin nicht anders geht, dem Zufall überläßt.

Was mir am besten gefallen würde – ich kann das ruhig zugeben –, wäre die Aussicht auf einen mit Steinen gepflasterten Hof. Ich habe eine Vorliebe für gepflasterte Höfe, die an Leidenschaft grenzt. Würde ich nicht inhaftiert, dann würde ich zumindest den Versuch unternehmen, diesen Teil meines Traumes Wirklichkeit werden zu lassen; ich würde gern in einem Bauernhaus von der Art wohnen, wie ich sie im Ausland gesehen habe, mit einer angebauten, vollkommen kahlen Steinrampe, die in einem einfachen Quadrat- oder Rautenmuster gepflastert wäre. Ein Muster, das ich ebenfalls bewundere, sind ineinander verschachtelte Fächer aus Kopfsteinpflaster, mit einem Saum aus größeren Steinen am Rand. Aber für den Blick aus meinem Zellenfenster würde ich, sagen wir, ein Rautenmuster vorziehen, die Umrisse der Rauten aus länglichen Steinen, das Innere aus Katzenköpfen und das ganze Muster so angelegt, daß es sich von meinem Fenster nach der Gefängnismauer hin verkürzt. Die übrige Aussicht bliebe ganz und gar der Verantwortung des Wetters überlassen, wobei ich allerdings den Blick nach Osten einem Blick nach Westen vorziehen würde, da mir Sonnenauf-

gänge sehr viel lieber sind als Sonnenuntergänge. Außerdem bekommt man auch bei Sonnenuntergang die
dramatischsten Effekte geboten, wenn man nach Osten
blickt. Ich meine die tiefgoldene Viertel- oder halbe
Stunde, in der jedes Ding einen Anschein von magi-
scher Bedeutung gewinnen kann. Wenn mir der Leser
etwas nennen kann, das schöner ist als ein gepflasterter
Hof in solchem schrägen Licht, das hinter jedem der
flachgerundeten Steine einen kleinen Schatten wirft,
während die Fläche als ganze dick mit Gold bestreut ist
und der Pfahl einen langen, sehr langen, der schlaffe
Draht hingegen einen schauerlichen Schatten wirft –
dann bitte ich ihn, es mir zu sagen.

Soviel ich höre, sind die meisten Gefängnisse jetzt mit
Büchereien ausgestattet, und man erwartet von den
Häftlingen, daß sie die »Everyman's Library« und andere Bücher mit pädagogischer Tendenz lesen. Ich
hoffe, es klingt nicht allzu reaktionär, wenn ich sage,
daß mein einziger Wunsch lautet, man möge mir ein einziges, sehr langweiliges Buch zu lesen geben, je langwei-
liger, desto besser. Ein Buch zu einem Thema, das mir
überdies völlig fremd ist; vielleicht den zweiten Band,
wenn mich der erste mit der Darstellungsweise und
Zielsetzung des Werkes zu sehr vertraut machen würde.
Dann werde ich reinen Gewissens das, so vermute ich,
abseitige Vergnügen auskosten, dieses Buch ganz und
gar nicht nach seinen eigenen Absichten zu deuten. Ich
teile nämlich mit Valérys Monsieur Teste die »Einsicht,
daß unsere Gedanken viel zu oft auf dem Umweg über
die Äußerungen anderer auf uns zurückgespiegelt werden«; und ich habe mich damit abgefunden – oder ist
das zuviel gesagt? –, diesem beklagenswerten Zustand,

dem aber nicht abzuhelfen ist, so viel an Unterrichtung und Spaß abzugewinnen, wie ich bekommen kann. Meinem Buch, das, aus allen Zusammenhängen gelöst, einem Felsblock gleicht, werde ich gigantische Verallgemeinerungen, Abstraktionen der großartigsten, erhellendsten Art, wie Allegorien und Gedichte, entnehmen, und indem ich Bruchstücke daraus mit der Umgebung und den Gesprächen in meinem Gefängnis konstrastiere, werde ich meine eigenen surrealistischen Kunstwerke schaffen! – was ich draußen, wo die Quellen schon so verwirrend sind, nie zuwege brächte. Vielleicht ist es ein Buch über die Behandlung einer bestimmten Krankheit oder über eine industrielle Fertigungstechnik – aber nein, schon der Versuch, sich das Thema vorzustellen, würde das Gefühl wogender Frische verderben, das mir hoffentlich zuteil wird, wenn es zum erstenmal in meine Hände gelegt wird.

Wandinschriften: Ich habe sehr genaue Überlegungen zu diesem wichtigen Aspekt des Gefängnislebens niedergelegt und bereits Sätze und ganze Abschnitte (ich kann sie an dieser Stelle nicht wiedergeben) entworfen, die ich hoffentlich eines Tages an die Wände meiner Zelle werde schreiben können. Zuerst jedoch, noch bevor ich einen Blick in das oben erwähnte Buch werfe, werde ich mit aller Sorgfalt die schon vorhandenen Inschriften lesen (oder zu lesen versuchen, denn vielleicht sind sie zum Teil ausgelöscht oder in einer fremden Sprache verfaßt). Dann werde ich meine eigenen Entwürfe so umarbeiten, daß sie denen nicht widerstreiten, die der Gefangene vor mir angebracht hat. Die Stimme des neuen Insassen wird als solche erkennbar sein, aber es wird keine Widersprüche und keine kritischen Anmerkungen zu dem geben, was bereits zur Wand gebracht ist, allenfalls einen »Kommentar«. Ich habe überlegt, ob ich mich an einem kurzen, aber unsterblichen Gedicht versuchen soll, doch ich fürchte, das übersteigt meine Fähigkeiten; aber vielleicht wachse ich ja auch mit der Aufgabe, wenn ich erst einmal vor der fleckigen, besudelten, vollgekritzelten Wand stehe und den Bleistiftstummel oder den rostigen Nagel zwischen den Fingern spüre. Vielleicht werde ich meine »Werke« in einer Folge von sauberen Inschriften in klarer Antiquaschrift anordnen; vielleicht schreibe ich sie auch in einem fast unlesbaren Gekritzel diagonal quer über eine Ecke oder an den Fuß einer Wand und zur Hälfte auf den Boden. Sie werden kurz, anspielungsreich und angsterfüllt sein, aber auch erfüllt von Lichtern der Offenbarung. Die Freude, die mir diese Schreibereien bereiten, wird sich nicht zuletzt aus dem Gedanken an meinen Nachfolger ergeben – das Gedankenerbe, das ich ihm hinterlasse, wie ein achtlos in die Ecke geworfenes Bündel Lumpen!

Einmal habe ich geträumt, ich sei in der Hölle. Der Boden war flach wie in Holland, und alles Sumpfgras erstrahlte im fast waagerechten Licht der Sonne in einem unverschämten, künstlichen Grün. Ich steckte in einer nicht sonderlich vorteilhaft wirkenden Tracht aus grauem Baumwollstoff: viel zu lange Hosen, das Hemd hing heraus und das Haar kurz geschnitten. Ich litt ständig unter heftigen Schwindelgefühlen, weil der Horizont (und daran erkannte ich, daß ich in der Hölle war) in einer Neigung von fünfundvierzig Grad verlief. Obwohl diese nutzlose Geschichte mit meinem Thema anscheinend nicht viel zu tun hat, nehme ich sie hier auf, um zu veranschaulichen, wie wundersam sich meine Wahrnehmung der Außenwelt wahrscheinlich verändern wird, sobald ich zum erstenmal das Geräusch des Schlüssels in der Zellentür hinter mir höre und ans Fenster trete, um den ersten Blick hinauszuwerfen.

Ich werde dafür sorgen, daß ich in meiner Uniform ein wenig anders aussehe als die übrigen Häftlinge. Ich werde den obersten Hemdenknopf nicht schließen oder die langen Ärmel auf die halbe Höhe zwischen Handgelenk und Ellbogen aufkrempeln – irgend etwas, das ein bißchen lässig wirkt, ein bißchen byronesk. Falls aber der allgemeine Stil in dem Gefängnis schon in diese Richtung geht, werde ich statt dessen einen strengen, schematischen Ordnungssinn an den Tag legen. Auch auf meine ganze Haltung und meinen Gesichtsausdruck wird sich dieser Ordnungssinn auswirken. Darin liegt nichts Unaufrichtiges; es ergibt sich einfach aus der Auffassung, die ich von meiner Rolle im Gefängnis habe. Diese Rolle hat nichts mit der Art zu tun, wie man außerhalb des Gefängnisses den »Rebellen« spielen würde; unkonventionell soll sie schon sein, vielleicht auch rebellisch, aber in den Schattierungen und Zwischentönen.

Indem ich so beginne und mit Hilfe dieser kleinen Unterschiede sowie der Anziehungskraft meines behutsam gedämpften, zurückhaltenden Auftretens (denken Sie nur nicht, ich wäre ein Angeber oder ich würde die Macht der kleinen Dinge überschätzen; ich habe nämlich immer wieder beobachtet, wie wirksam sie sind) werde ich einen Freund eng an mich binden, den ich dann stark beeinflussen werde. Dieser Freund, der schon ein wichtiges Mitglied der Gefängnisgesellschaft sein soll, wird mir eine große Hilfe sein, wenn ich darangehe, mich als anerkannte, wenn auch inoffizielle Autorität in allen Fragen des Gefängnislebens einzurichten. Es wird Jahre dauern, bis man mich für eine einflußreiche Persönlichkeit hält, und vielleicht – denn darauf hoffe ich –, treffe ich das Gefängnis in einer Phase seiner Entwicklung an, in der es schlechterdings unvermeidlich ist, in mir eine Persönlichkeit von *schlechtem Einfluß* zu sehen … Vielleicht lachen sie mich dort aus, so wie sie den Pfarrer von Wakefield ausgelacht haben; aber gerade am Anfang wäre mir natürlich nichts lieber als das!

Vor vielen Jahren habe ich herausgefunden, daß ich es an einem bestimmten Ort zu etwas bringen könnte, aber nicht an allen Orten, und nie und nimmer könnte ich es in der Ungebundenheit zu etwas bringen. In der Welt beispielsweise lasse ich mich, so unsinnig das klingen mag, sehr stark von der Mode beeinflussen. Aber an einem Ort, wo alle gleich gekleidet sind, entwickele ich die Fähigkeit, einen eigenen »Stil« zu kreieren, eine Art, die von anderen sogar bewundert und nachgeahmt wird. Je höher mein Strafmaß sein wird – wenngleich ich mich immer wieder bei dem Gedanken ertappe, daß es nicht unter »lebenslänglich« liegen kann –, desto mehr Zeit werde ich mir bei dem Versuch lassen, mich durchzusetzen, und desto besser sind meine Erfolgsaussichten. So lächerlich es klingt und auch ist – ich freue mich schon jetzt darauf, die Theatergruppe des Gefängnisses zu leiten oder in die Baseball-Mannschaft einzutreten!

Aber genauso, wie ich mich genötigt sah, gegen die

unklare Stellung jener Häftlinge zu protestieren, die zugleich im Gefängnis sind und draußen (ich habe gesehen, wie ihnen ihre Frauen die gestreiften Hosen wuschen und sie zum Trocknen an die Leine hängten!), würde ich mich gegen jede Änderung oder Unterbrechung in meiner Lebensweise heftig zur Wehr setzen. Zum Beispiel, wenn ich krank werden würde und das Gefängnishospital aufsuchen müßte oder wenn ich kurz nach meiner Ankunft in eine andere Zelle verlegt würde – solche Zwischenfälle würden mich schwer treffen, ich müßte dann mit meiner Arbeit noch einmal von vorn beginnen.

Natürlich habe ich mir unter diesen Umständen oft überlegt, ob ich zur Armee oder zur Marine gehen soll. Ich habe schon eine ganze Stunde lang auf dem Bürgersteig gestanden und die Plakate der Rekrutierungsbehörde studiert: das ovale Portrait eines Soldaten oder eines Matrosen, umgeben von Ansichten aus seinem »Leben«. Aber wie ich höre, kann man den Seemann, ohne ihn auch nur zu fragen, von einem Schiff aufs andere versetzen; und außerdem hat der Anblick des Meeres etwas an sich, das zu einem Menschen mit meiner Geisteshaltung ganz und gar nicht paßt. Auf den stimmungsvollen Photos, die den Heldenkopf des Armeesoldaten umgeben, habe ich ihn »bei der Arbeit« erblickt, beim Straßenbau, beim Kartoffelschälen usw. Allein schon diese Bilder würden mich davon abhalten, mich dort einzureihen, von der fernliegenden Möglichkeit einer aktiven Verwendung ganz abgesehen.

Sie werden nun vielleicht sagen – und manche Leute haben es mir auch gesagt: In der Zeit, als die religiösen

Orden stärker in Blüte standen als heute, wärst du gewiß glücklich geworden; und ich denke, dies kommt der Wahrheit ziemlich nahe. Doch ich zögere auch hier, denn wieder kommt mir der Unterschied zwischen Freiheit und Notwendigkeit in den Sinn und irritiert mich. »Freiheit ist Einsicht in die Notwendigkeit«; nichts glaube ich inbrünstiger als dies. Und ich versichere Ihnen, daß der einzige vernünftige Schritt, den ich tun kann, darin besteht, diesem Grundsatz gemäß zu handeln. Ich wollte natürlich sagen, daß der einzige einleuchtende Schritt, den ich tun kann, darin besteht, diesem Grundsatz gemäß *behandelt zu werden*.

1938

Die Kinder des Farmers

AUF EINER GROSSEN FARM, zehn Meilen von der nächsten Stadt entfernt, lebten einmal ein fleißiger Farmer und seine Frau mit ihren drei kleinen Mädchen und den Kindern, die der Farmer aus einer früheren Ehe hatte, zwei Jungen von elf und zwölf Jahren. Die erste Frau war die Tochter eines Geistlichen gewesen, eine einfache, schlichte Frau, die ihre Söhne Cato und Emerson genannt hatte; die Stiefmutter hingegen, die ein bißchen romantisch und übermäßig großzügig war, zumindest gegenüber den eigenen Kindern, hatte ihren Töchtern die Namen Lea Leola, Rosina und Gracie Bell gegeben. Und außerdem waren da noch die übliche Versammlung von Pferden, Kühen und Federvieh sowie ein Knecht namens Judd.

Die Farm hatte dem Großvater des Vaters der Kinder gehört, und obwohl man hin und wieder ein Stück Land verkauft hatte, war sie noch immer sehr groß, eigentlich zu groß. Das erste Farmhaus hatte eine Meile von dem jetzigen entfernt gestanden, an der »alten« Straße. Zehn Jahre zuvor war dort der Blitz eingeschlagen, es war abgebrannt; und Emersons und Catos Großeltern, die dort wohnten, waren während der wenigen Jahre, die sie nach dem Brand noch lebten, bei ihrem Sohn und seiner ersten Frau untergekommen. Das alte Haus war lang und flach gewesen, und ein riesiger Weidenbaum, der wie durch ein Wunder dem Brand entgangen war und immer noch dort stand, hatte eine Ecke des Daches beschattet. Das neue Haus stand an der »neuen« Makadamstraße; es war hoch, gelb gestrichen, glich einer Schachtel und hatte ein Dach aus schimmerndem Blech.

Außer der Weide war auch die große Scheune des alten Hauses dem Brand entgangen, und sie wurde noch immer benutzt, als Heuspeicher und als Schuppen für die meisten Maschinen und Gerätschaften der Farm. Weil diese Maschinen so wertvoll sind und immer viel mehr kosten, als sich der Farmer leisten kann, und weil man in die Scheune, die so weit abseits lag, leicht einbrechen konnte, schlief dort jede Nacht der Knecht in einem Heuhaufen.

Die meisten dieser Tatsachen konnte man später in den Zeitungen lesen. Dort stand auch, daß Judd drei Monate zuvor als Knecht eingestellt worden war und daß er und der Vater der Kinder es sich angewöhnt hatten, von Zeit zu Zeit in die Stadt zu fahren und über Nacht dort zu bleiben. Sie waren »geschäftlich« unterwegs, es ging um den Verkauf eines weiteren Stückes Land, aber vor allem wohl ums Trinken; und wenn sie nicht da waren, übernahmen Emerson und Cato den Platz von Judd in der alten Scheune und bewachten die Mähmaschinen, den Wender, den großen Heurechen, die Düngerstreumaschine, die Egge und was dergleichen mehr war – all diese sonderbaren, kostspieligen Apparate mit Kinnbacken und Zähnen und Armen und Klauen, die direkt oder in Reflexbewegungen und seltsamen Gesten zupacken konnten und scheinbar so intelligent waren, hier aber völlig hilflos herumstanden, weil sie noch immer von Pferden gezogen werden mußten.

Es war Dezember und furchtbar kalt. Gerade stieg der Vollmond auf. Sein Licht schimmerte auf dem Blechdach des Farmhauses und an manchen Stellen der Makadamstraße, während der Hof noch fast im Dunkeln lag. Die Mutter hatte einen Wutanfall gehabt und die Kinder nach draußen geschickt, weil sie ihr bei der Zubereitung des Abendessens im Weg waren. In ihre kurzen dicken Mackinaw-Mäntel gehüllt, spielten sie mit eiskalten Händen Floß und Schiffbruch. In einer Ecke des Hofes lag ein Stapel Bretter, mit denen ihr Vater seit langem an irgendeinem der Nebengebäude etwas reparieren wollte, und darauf saßen Lea Leola und Rosina, gleichmütig und gerettet, während Cato aufrecht dastand und mit einer Wäschestange steuerte. Immer noch auf dem sinkenden Schiff, einem Hühnerstall auf der anderen Seite des Hofes, stand das Baby, Gracie Bell. Mit ausgestreckten Armen sah sie sich ängstlich um und war den Tränen nahe. Aber Emerson schwamm bereits hinüber, um sie zu retten. Er ging langsam, indem er einen Fuß vor den anderen setzte, und ließ dabei beide Arme wie Windmühlen kreisen.

»Sei tapfer, Gracie Bell! Ich bin schon fast da!« rief er. Er keuchte laut. »Ich bin mit meiner Kraft fast am Ende, aber ich rette dich!«

Währenddessen schrie Cato immer wieder: »Und das Schiff sinkt Zentimeter um Zentimeter! Und das Schiff sinkt Zentimeter um Zentimeter!«

Klein und silbern hallten ihre Stimmen in der kalten Landschaft. Der Mond erhob sich über das letzte Feld und blickte gelassen auf die imaginäre Hochseetragödie, die sich so tief im Inneren des Landes abspielte. Emerson nahm Gracie Bell auf den Arm. Sie umklammerte seinen Hals und brach in lautes Schluchzen aus; er machte kehrt und stapfte mit winzigen Schritten durch das Wasser zurück. Gracie Bell stieß schrille Schreie aus, und er sagte immer wieder: »Ich rette dich, Gracie Bell. Ich rette dich, Gracie Bell«, aber sein Tempo beschleunigte er nicht.

Plötzlich öffnete die Mutter und Stiefmutter die Hintertür. »Emerson!« schrie sie. »Laß das Kind runter! Habe ich dir nicht gesagt, ich würde dich windelweich schlagen, wenn du das Kind noch einmal zum Weinen bringst? He?«

»Ach, Ma, wir haben doch nur…«

»Was ist bloß los mit euch Gören? Schlagen und Streiten, Schlagen und Streiten, und Heulen, Heulen, Heulen, von morgens bis abends. Und ihr beiden Jungs, ihr seid doch viel zu groß« – und so weiter. Die häßlichen Worte quollen hervor, und die Kinder standen auf dem Hof herum wie Schauspieler, die sich nicht stören lassen wollten. »Sie bellt viel, aber sie beißt nicht«, sagte ihr Vater immer, und tatsächlich – nach ein paar Minuten, so als habe die höfliche Zurückhaltung des Mondes sie beschwichtigt, hielt sie inne und sagte mit etwas leiserer Stimme: »Also, Kinder. Worauf wartet ihr noch? Kommt rein, es gibt Abendessen.«

In der Küche war es warm, der Duft der Bratkartoffeln und das warme gelbe Licht der Öllampe auf dem Tisch verbreiteten einen Anschein von Friedlichkeit. Die beiden Jungen saßen auf der einen Seite, die beiden älteren Mädchen auf der anderen und Gracie Bell auf dem Schoß ihrer Mutter am Kopf des Tisches. Der Vater und Judd waren in die Stadt gefahren – auch dies ein Grund, warum die Mutter den ganzen Nachmittag so überaus schlechtgelaunt gewesen war. Das Schweigen während des Essens wurde nur von der Mutter unterbrochen, die Gracie Bell manchmal gut zuredete, während sie ihr half, Tee mit Kondensmilch aus einer weißen Tasse zu trinken. Sie aßen die Bratkartoffeln mit Schweinespeck, »Fabrikbrot«, eine Schnitte nach der anderen, und Schüsseln mit »Eingemachtem«, und dazu tranken sie heißen, sirupartigen Tee mit Milch. Das Wachstuch auf dem Tisch hatte die Farbe von heller Melasse und war mit kleinen gelben Mohnblumen übersät; es schimmerte angenehm, und das »Eingemachte« glühte, dunkelrote Flecken in durchsichtigem Weinrot.

Heute abend sind die Krümel dran, dachte Cato und ließ im Laufe der Zeit vier Scheiben Brot hinter der Wachstuchkante und dann unter seinem Pullover verschwinden. Laut und bedrohlich klangen ihm seine Gedanken in den Ohren, und er warf einen vorsichtigen Blick zu seinen Schwestern hinüber, um festzustellen, ob sie etwas gemerkt hatten, aber sie sahen ihn aus bleichen, leeren Gesichtern ausdruckslos an. Jedenfalls waren heute die Krümel dran, was hätte er denn auch sonst nehmen sollen?

Die beiden anderen Male, als er und Emerson die Nacht in der alten Scheune verbracht hatten, hatte er Papierschnitzel von alten Zeitungen benutzt, weil er nirgendwo weiße Kieselsteine finden konnte. Noch halb schlafend, waren er und sein Bruder in dem graublauen Licht vor Sonnenaufgang aufgebrochen und nach Hause zurückgekehrt, und es hatte ihm Spaß gemacht, auf dem ganzen Weg immer wieder gesprenkelte Papierschnitzel zu finden. Er hatte sie nach und nach aus seiner Hosentasche fallen lassen und sich dann kaum getraut, zurückzublicken, und es hatte funktioniert. Aber er hatte den beharrlichen Vollmond des Märchens herbeigesehnt und die Kiesel, die leuchten »wie kleine Silbertaler«. Emerson wußte nichts von seinem Plan – oder vielmehr von seinem System –, aber es hatte ohne seine Hilfe und trotz aller Unstimmigkeiten funktioniert.

Die Mutter setzte Gracie Bell ab und machte sich daran, das Geschirr vom Tisch zum Spülbecken zu tragen.

»Ihr beiden habt wahrscheinlich mal wieder vergessen, daß ihr heute abend noch irgendwann zu der Scheune rübermüßt«, sagte sie ironisch.

Emerson murrte ein bißchen.

»Jetzt zieht ihr euch eure Sachen an und macht, daß ihr loskommt, bevor es noch später wird. Irgendwann bringt euer Pa diese Türen vielleicht ja mal in Ordnung, oder er baut 'ne neue Scheune. Also, ab jetzt.« Sie nahm den Teekessel vom Herd.

Cato konnte seine Strickhandschuhe nicht finden. Er glaubte, sie seien auf dem Bord in der Ecke bei den Schultaschen. Er suchte sehr gründlich überall nach ihnen, und schließlich fiel ihm Lea Leolas boshaftes Lächeln auf.

»Ma! Lea Leola hat meine Handschuhe genommen. Sie hat sie versteckt!«

»Lea Leola! Hast du die Handschuhe genommen?« Ihre Mutter machte einen Schritt auf das Mädchen zu.

»Sie soll sie mir wiedergeben!«

Lea Leola sagte: »Ich habe die ollen Handschuhe gar nicht gesehen«, und fing an zu weinen.

»Da siehst du, was du wieder angerichtet hast, Cato! Hör auf, Lea Leola, Herrgottnochmal, und ihr beiden macht jetzt vorwärts und seht zu, daß ihr rauskommt. Mir reicht's für heute.«

An der Tür sagte Emerson: »Es ist kalt, Ma.«

»Judd hat seine Decken mit rübergenommen. Los jetzt, ab mit euch, und macht die Tür zu. Es zieht.«

Draußen war es fast taghell. Die Makadamstraße sah sehr grau aus und hallte unter ihren Füßen, die sofort ganz taub vor Kälte waren. Schon bald hing sich die Kälte an die Härchen in ihren Nasenlöchern, die weh taten, als wären sie mit vereisten Strohhalmen vollgestopft. Aber wenn sie ihre Nasen an den unförmigen Aufschlägen ihrer Mäntel zu wärmen versuchten, dann schmerzte die gefrierende Nässe noch mehr; also gaben sie es auf und zeigten einander, wie ihr Atem weiß wurde und dann verwehte. Der Mond stand hinter ihnen. Cato blickte über die Schulter zurück und sah, wie das Blechdach des Farmhauses bläulich glänzte und wie auch die Sterne darüber blau aussahen, blau oder gelb und sehr klein; die meisten konnte man kaum erkennen.

Emerson sprach leise vor sich hin; er war wieder bei seinem Lieblingsthema: wie er sich ein bestimmtes Fahrrad beschaffen konnte, das er vor einiger Zeit im Schaufenster der Eisenwarenhandlung in der Stadt gesehen hatte. Er redete und redete, aber Cato achtete nicht besonders darauf, erstens, weil er schon wußte, was Emerson über das Fahrrad sagen würde oder sagen konnte, und zweitens, weil er damit beschäftigt war, die vier Brotscheiben zu zerkrümeln, die er in seine Hosentaschen bugsiert hatte, zwei Scheiben in jede. Aber anscheinend wurden eher Klumpen als Krümel daraus, und es war schwierig, die kleinen Brösel mit den Nägeln aufzunehmen und sie von Zeit zu Zeit unter dem Saum seines Mantels hindurch auf die Straße zu schnippen.

Emerson machte keinen Unterschied zwischen ehrlichen und unehrlichen Methoden, sich das Fahrrad zu besorgen. Manchmal überlegte er, wie er den Besitzer des Eisenwarenladens hinters Licht führen konnte, indem er ihn dazu brachte, ihm das Rad irrtümlich zu schicken, und manchmal gelangte es als Belohnung für irgendeine Heldentat in seinen Besitz. Zuweilen sprach er auch von einem Glasschneider. Er hatte zugesehen, wie sein Vater mit einem solchen faszinierenden Instrument umging. Besäße er einen, so könnte er nachts ein großes Loch in die Schaufensterscheibe des Eisenwarenladens schneiden. Und dann wieder sagte er, er werde im nächsten Sommer als Knecht arbeiten. Er wolle sich bei dem Farmer verdingen, der den Hof neben ihrem hatte; er sah sich schon Großtaten beim Heueinbringen und Melken vollbringen.

»Aber der alte Blackader zahlt nur großen Jungs vier Dollar die Woche«, sagte Cato vernünftig, »und dir würde er so viel nicht zahlen.«

»Ja dann...«

Emerson fluchte und spuckte hinüber zum Straßenrand, und sie gingen weiter, während der Mond allmählich immer höher stieg.

Ein Sirren lief durch die Telefonleitungen über ihren Köpfen. Sie dachten, es komme von all den Leuten, die gleichzeitig durch die Kabel sprachen, aber es klang eigentlich nicht nach Stimmen. Die Glasisolatoren, die die Kabel trugen, schimmerten fahlgrün, und die Masten hatte das Mondlicht silbern gebleicht. Von jedem ging ein eigenartiges Dröhnen aus, tiefer als das Sirren in den Drähten. Es klang wie ein Bienenschwarm. Sie legten jeder ein Ohr an die tiefen schwarzen Risse. Cato versuchte hineinzuspähen und glaubte drinnen den Klumpen schwarz schillernder Bienen zu erkennen.

»Die wären doch alle erfroren – total«, sagte Emerson.

»Wären sie nicht! Die schlafen den Winter über.«

Emerson wollte an einem Mast hochklettern. Cato sagte: »Vielleicht kriegst du einen Schlag.«

Er half ihm dennoch, faßte ihn mit beiden Händen um die schmalen Hüften und hob ihn in die Höhe. Aber Emerson konnte kaum die unterste Sprosse erreichen und war nicht stark genug, um sich an ihr hochzuziehen.

Schließlich kamen sie an die Stelle, wo ihr Weg von der Straße abbog, und gingen nun durch ein Maisfeld, auf dem die Stengel noch reglos in der Kälte standen. Cato ließ ziemlich viele Krümel fallen, um die Abzweigung zu markieren. Wie Fetzen hingen die farblosen Blätter von den Maisstengeln herab, wie alte Krepppapierstreifen, wie die Überreste von Schaubuden, die an der Mittelgasse einer Dorfkirmes gestanden hatten. Die Stengel überragten ihre Köpfe wie Bäume. Auf beiden Seiten der Fahrspuren war ein doppelter Draht mit glitzernden Stacheln gespannt.

Emerson und Cato stritten sich fast immer den ganzen Tag lang, aber abends nur selten. Jetzt diskutierten sie freundschaftlich darüber, wie kalt es war.

»Es könnte sogar schneien«, sagte Cato.

»Nein«, sagte Emerson, »es ist zu kalt für Schnee.«

»Aber wenn es schlimm kalt wird, dann schneit es«, sagte Cato.

»Aber wenn es richtig kalt wird, so richtig schlimm kalt wie jetzt, dann kann es nicht schneien.«

»Wieso nicht?«

»Weil es zu kalt ist. Ist ja sowieso keiner da oben.«

Sie sahen hinauf. Ja, vom Mond abgesehen, hätte der Himmel nicht leerer sein können.

Cato bemühte sich, seine Krümel nicht in die trockene Grasnarbe zwischen den Wagenspuren fallen zu lassen, wo man sie nicht sehen konnte. In den Furchen konnte er sie undeutlich erkennen, klein und grau. Natürlich waren keine Vögel da. Aber er schaffte es einfach nicht, seinen Gedanken zu Ende zu denken – ob sein Plan zu etwas gut war oder nicht.

Daheim in dem gelben Farmhaus war die Mutter gerade dabei, ins Bett zu gehen. Sie suchte eine zusätzliche Decke heraus, um Lea Leola, Rosina und Gracie Bell, die im Zimmer nebenan zusammen in einem Bett schliefen, zuzudecken. Sie breitete die Decke aus und stopfte sie auf den Seiten fest, ohne die Kinder zu stören. Dann blieb sie trotz der Kälte einen Augenblick stehen und sah mit einem unbehaglichen Gefühl auf das Muster der Decke, große, sich verzweigende Sechsecke, die im Mondlicht bleich, fast farblos wirkten. Es war immer so eine schöne Decke gewesen! Ihre Mutter hatte sie gemacht. Wie hieß dieses Muster doch gleich? Woran erinnerte es sie? Aus den Figuren eines verlorenen Kinderspiels, aus den Seiten eines verlorenen Schulbuches trat ihr das Bild vor die Erinnerung: eine Schneeflocke.

»Wo ist diese verdammte alte Scheune?« fragte Emerson und spuckte noch einmal aus.

Es war eine Erleichterung, als sie schließlich da waren, die vertraute Weide erblickten und mit völlig gefühllosen Händen einen Flügel des Scheunentors, der über den Boden schleifte, aufzogen. Anfangs schien es drinnen ganz finster zu sein, aber bald erhellte der Mond alles recht gut. Links lagen die nicht mehr benutzten Boxen für die Kühe und Pferde, die verschiedenen Maschinen standen in der Mitte und nach rechts hinüber, und über ihren Köpfen hing jetzt auf beiden Seiten das Heu. Doch riechen konnte man das Heu nicht, dafür war es zu kalt.

Wo waren Judds Decken? Sie konnten sie nirgendwo finden. Nachdem Emerson in allen Boxen und bei den Holzzapfen, an denen die Pferdegeschirre hingen, nachgesehen hatte, ließ er sich in einen Heuhaufen vor der Egge in der Nähe des Tors fallen.

Cato sagte: »Vielleicht ist es oben auf dem Boden besser.« Er legte seine nackten Hände auf eine Sprosse der Leiter.

Emerson sagte: »Mir ist zu kalt, ich klettere die Leiter nicht mehr hoch«, und kicherte.

Da setzte sich auch Cato auf den Heuhaufen am Boden, und sie fingen an, sich das Heu über Beine und Leib zu häufen. Es fühlte sich komisch an; in ihren Händen hatte es überhaupt kein Gewicht und keine Stofflichkeit. Es war federleicht, und sie hatten nicht das Gefühl, daß es sich auf sie legte; es stach nur ein bißchen.

Emerson sagte, er sei müde, und während er sich auf die Seite drehte, fluchte er noch ein paarmal, fast behutsam. Cato fluchte auch und legte sich auf den Rücken zu seinem Bruder.

Die Egge war nahe bei seinem Kopf, und die flachen, scharfkantigen Scheiben funkelten ihn kalt an. Gleich dahinter konnte er den Heurechen erkennen. Auf der langen Reihe seiner gekrümmten Zinken schimmerte das Mondlicht ebenfalls, und von dort, wo Emerson lag, fast auf gleicher Höhe mit ihnen, sahen die Zinken aus wie eine gleichmäßige stählerne Welle, die über die Dielen direkt auf ihn zukam. Und um ihn herum im Dunkeln und im Hellen standen all die anderen Maschinen: der Düngerstreuer warf einen riesigen Schatten; die Mähmaschine hob einen starken Unterarm, der mit Zähnen bewehrt war wie das Bein einer riesengroßen Heuschrecke; und in einem der Lichtflecken schwebten die scharfen kleinen Gabeln des Wenders, manche oben, manche unten, als hätten sie gerade aufgehört, krampfhaft nach hinten auszuschlagen.

Hoch über ihren Köpfen, zwischen den Böden, konnte man jeden Spalt und jedes Loch in dem alten Dach sehen, und kleine Lichtsprenkel lagen wie eisige Mondstückchen auf den beiden Jungen, auf dem Wirrwarr der Maschinen und Gerätschaften und auf dem grauen Heu. Hin und wieder knarrte eine Schindel, oder ein brüchiger Zweig der Weide knackte laut und vernehmlich.

Cato dachte mit Vergnügen an die Krümelspur, die er die ganze Strecke vom Haus bis hierher gelegt hatte. »Und es sind keine Vögel da«, dachte er fast übermütig. Wie bei den früheren Malen würden er und Emerson morgen kurz vor Sonnenaufgang aufbrechen, und er würde die Krümel finden, die ihnen den Weg, auf dem sie gekommen waren, zeigen und sie direkt nach Hause führen würden, weiß und standhaft in dem frühen Licht.

Dann dachte er an seinen Vater und an Judd in der Stadt. Er stellte sich vor, wie sein Vater in einem hellen, kleinen, elektrisch beleuchteten Restaurant mit blauen Wänden, wo es sehr warm war, ein Gericht mit dunkelroten dicken Bohnen aß. Er war auch einmal dort gewesen, und damals hatte er dieses Gericht ebenfalls zu essen bekommen. Eine Zeitlang dachte er unwillig an seine Stiefmutter und seine Stiefschwestern, dann kehrten seine Gedanken zu seinem Vater zurück; ihn liebte er sehr.

Emerson murmelte etwas wie »dieser alte Judd« und grub sich tiefer in das Heu ein. Ihre Zähne klapperten. Cato versuchte, seine Hände zwischen die Schenkel zu schieben, um sie zu wärmen, aber das Heu war ihm im Weg. Es fühlte sich an wie Rauhreif. Es kratzte und schmolz an der Haut seiner tauben Hände. Es war dasselbe Gefühl, als wenn er den sauren Traubengelee aß, den seine Stiefmutter jeden Herbst machte, und wobei dann kleine Stäbchen, kleine, harte Kristallstäbchen, ebenfalls im Dunkeln, wie Eis gegen seinen Gaumen stachen und sich nachher auflösten.

Jenseits des halb geöffneten Tores standen die Maisstengel auf dem Feld verdächtig gerade und reglos. Was ging dort zwischen den blätterbehangenen Stengeln vor? Hätten sie nicht überhaupt schon geschnitten sein sollen? Dort stand der Mais, und dort standen oder duckten sich die Maschinen. Er drehte den Kopf, um sie zu betrachten. Der ganze Mais hätte längst gemäht sein müssen. Die Mähmaschine hielt ihren Arm steif ausgestreckt. Der Heurechen sah aus wie die Spiralfeder einer riesigen Falle.

Es tat weh, wenn er die Füße bewegte. Seine Füße fühlten sich an wie Pferdehufe, als ob er Hufeisen daran hätte. Er berührte einen; ja, es stimmte, er fühlte sich sich an wie ein großes Hufeisen.

Die Geschirre hingen an ihren Holzzapfen über ihm. Die Metallbeschläge glitzerten fahlblau und gelb wie winzigkleine Sterne. Wenn die Geschirre auf ihn fielen, mußte er Pferd werden, und es würde so kalt sein, wenn er draußen auf dem Feld die schwere Egge zog. Schon das Geschirr wog so schwer; er hatte das Kummet ein paarmal ausprobiert, und es war sehr schwer. Also würden zwei Pferde notwendig sein; er würde Emerson wecken müssen, obwohl man Emerson nicht so leicht wach bekam, wenn er einmal eingeschlafen war.

Die Scheiben der Egge sahen aus wie die Bordwand – wie diese Schilde, die an der Bordwand der Wikingerschiffe hingen. Die Egge war ein Schiff, das mit rasselnden Schilden an beiden Seiten zum Mond auffahren würde; er mußte hinauf auf den Fahrersitz und steuern. Dieser komische Sitz aus durchlöchertem Eisenblech, der so unbequem aussah, aber wenn man einmal oben saß, kam man sich so mächtig vor, und alles schien einfach…

Aber wie konnten sie zum Mond hinauffahren, wenn der Mond gerade den Berg herunterkam? Nein – Monde; eine ganze Reihe von Monden. Nein, das mußten die Scheiben der Egge sein. Nein, der Mond hatte sich in eine Garbe von Monden geteilt, die aneinander vorbei nach der Seite wegglitten, weg und weg und weg und weg.

Er drehte sich zu Emerson um und rief seinen Namen, aber Emerson seufzte nur im Schlaf. Da schob er seine Knie in die Kniekehlen seines Bruders und legte ihm die Arme fest um die Hüften.

Am Mittag des nächsten Tages fand ihr Vater sie in dieser Position.

Die Geschichte stand in allen Zeitungen, in der näheren Umgebung auf der Titelseite, und wanderte, zu einer kurzen Notiz im Mittelteil schrumpfend, durch das Land, bis sie schließlich die beiden Küsten erreichte. Der Farmer trauerte ein Jahr lang heftig; aus irgendeinem Grund gab er seinen Gefühlen auch dadurch Ausdruck, daß er Judd hinauswarf.

1948

Die Haushälterin

MEINE NACHBARIN, die alte Mrs. Sennett, stellte den Schieber des Stereoskops auf ihre Augen ein, betrachtete voller Bewunderung das Bild und las mir dann laut und langsam vor: »Kirche in Marseleise, Frankreich«. Dann: »Paris«. Ich gelangte zu dem Schluß, daß »Paris« eine Ergänzung von ihr selbst gewesen sein mußte. Sie reichte mir das Stereoskop herüber. Ich schob das Bild ein bißchen weiter zurück und sah mir die Kirche und die kleinen Gestalten des Mannes und der Frau davor genau an. Die Frau trug einen langen Rock, eine winzige weiße Bluse und einen Matrosenhut, groß wie ein Punkt, und obwohl sie und der Mann am Fuß der Kirchenstufen standen, sah es durch das Stereoskop so aus, als ständen sie mindestens fünfzehn Meter weit vor der Kirche.

»Schön«, sagte ich und reichte Mrs. Sennett den Apparat wieder hinüber. Die witzigen Bildkarten waren uns schon ausgegangen, zum Beispiel die mit der Dame, die dem Briefträger einen Kuß gibt, während ihr Mann sich aus dem Fenster lehnt und ihm gerade eine Ohrfeige geben will. Jetzt blieben uns nur noch Dinge wie diese Kirche und das »Konservatorium König der Belgier«, an dem alle Blumen von Hand rot gemalt waren.

Draußen an den mit Drahtnetzen bespannten Fenstern von Mrs. Sennetts kleinem Ferienhaus am Cape

Cod lief unablässig der Regen herunter und füllte die kleinen Quadrate mit ständig wechselnden Kreuzstichmustern. Das hohe Unkraut und das Gras, das den Vorgarten bildete, trieften vor dem verschwommenen Hintergrund der Bucht, deren Wasser beinah die Farbe des Grases angenommen hatte. Mrs. Sennetts fünf Schützlinge spielten im Eßzimmer ziemlich geräuschvoll Haus. (Im Winter war Mrs. Sennett Haushälterin bei einem gewissen Mr. Curley in Boston, und den Sommer über logierten die kleinen Curleys in ihrem Haus am Cape Cod.)

Mein Gesichtsausdruck mußte sich geändert haben. »Machen die Kinder zu viel Lärm?« frage Mrs. Sennett. Dabei ging eine Bewegung durch ihren Körper, als schickte sie sich an, aus ihrem Sessel aufzustehen. Ich schüttelte den Kopf und legte ihr die Hand auf die Schulter, um anzudeuten, daß sie sitzen bleiben solle. Mrs. Sennett war fast völlig taub, und das schon seit langem, aber sie konnte von den Lippen lesen. Man konnte sich mit ihr, wenn man wollte, vollkommen lautlos unterhalten, und dabei beteiligte sie sich mit ihrer lauten, heiseren Stimme, die sonderbarerweise dann und wann zu einem Flüstern herabsank, mehr als manch anderer am Gespräch. Sie unterhielt sich für ihr Leben gern.

Schließlich hatten wir alle Bilder angesehen, und sie schob das grüne Köfferchen mit dem Stereoskop und den Bildkarten auf die Ablage unter dem Tisch zurück.

»Wenn Sie mich ansehen, würden Sie nicht darauf kommen, daß ich spanischer Abstammung bin, nicht wahr?« fragte sie.

Ich versicherte ihr mit Händen und Augenbrauen, daß ich tatsächlich nicht darauf gekommen wäre, und hoffte gleichzeitig, ein höfliches Maß an Zweifel und genügend Interesse bekundet zu haben, um nun zu erfahren, ob sie wirklich spanischer Abstammung war oder nicht.

»Aber ja«, sagte sie. »Meine Mutter hatte rein spanisches Blut in den Adern. Wissen Sie, wie ich mit Vornamen heiße?«

Ich schüttelte den Kopf.

»Carmen. Das ist spanisch. Ich bin nach meiner Mutter genannt worden.«

Ich sagte: »Wie nett«, so laut ich konnte. Mrs. Sennett war erfreut und schnippte, während sie bescheiden den Blick senkte, ein Stäubchen von ihrem großen Busen.

»Sind Sie in Spanien geboren, Mrs. Sennett?« fragte ich.

»Nein, nicht direkt. Mein Vater fuhr auf einem Schiff, und er nahm meine Mutter mit nach England. Dort bin ich geboren. Wo sind Sie geboren?«

Ich sagte ihr, in Worcester.

»Ist das nicht komisch? Der Onkel der Kinder ist dort Bundesbeauftragter für Boxen. Mr. Curley, der Bruder ihres Vaters.«

Mit einem Nicken deutete ich an, daß ich Mr. Curley kannte.

»Aber das hätten Sie nicht gedacht, daß ich eine halbe Spanierin bin, wie?«

Wirklich, wenn ich Mrs. Sennett ansah, fielen mir eher das achtzehnte Jahrhundert in England und seine literarischen Gestalten ein. Ihr Haar mußte schon ziemlich dünn sein, denn sie trug immer, drinnen wie draußen, entweder einen Hut oder eine Art Turban, manchmal auch beides. Heute war es der Turban aus schwarzer Seide, die an manchen Stellen ein weißes Muster zeigte. Wegen des Regenwetters hatte sie auch ein weißes Seidentuch um den Hals gelegt; sie sah darin aus, als komme sie aus einer etwas poetenhaft verlotterten Familie. Mrs. Sennetts Gesicht war breit und schien, wie bei den stereoskopischen Bildkarten, gleichzeitig auf zwei verschiedenen Ebenen zu liegen, so als säßen Bruchstücke einer Maske auf einem zweiten Hintergrundgesicht. Die Bruchstücke waren weiß, während rundherum das Gesicht dunkler und die Runzeln tiefer waren. Die Ränder ihrer Augen waren dunkel; sie sah sehr krank aus.

»Diese Leute sind katholisch, wissen Sie«, erklärte sie mir in krächzendem Flüsterton, um die Ohren der Kinder im Eßzimmer nicht zu verletzen.»Ich nicht, aber ihrem Vater ist es egal. Er hat in zweieinhalb Jahren elf Haushälterinnen gehabt, nachdem ihre Mutter bei der Geburt von Xavier gestorben ist, und ich bin jetzt schon fast fünf Jahre bei ihnen. Ich war die einzige, die den Lärm aushalten konnte, und mir macht er natürlich nichts, weil ich ihn ja nun mal nicht hören kann. Manche Katholiken würden ihre Kinder niemals einer Protestantin anvertrauen, aber ihr Vater ist ein toleranter Mann. Die Kinder allerdings machen sich Sorgen. Jeden Sonntag ziehe ich sie an und schicke sie zur Messe, und jedesmal quälen sie mich und drängen, ich solle mitkommen. Als sie vorletzten Sonntag zurückkamen, weinte Xavier und hörte gar nicht mehr auf. Ich fragte ihn immer wieder: ›Was ist denn los mit dir, Savey?‹, aber ich konnte nichts aus ihm herausbekommen, und schließlich sagte Theresa: ›Er weint, weil Francis ihm gesagt hat, du würdest in die Hölle kommen, wenn du stirbst.‹«

Xavier stand in der Tür und lauschte der Erzählung. Er war das jüngste Kind. Zuerst kamen die Zwillinge, Francis und John, und nach ihnen Mary und Theresa. Lauter blonde, nette Kinder. Mrs. Sennett steckte die Jungs in Overalls, und jeden Sommer, bevor sie in das Ferienhaus aufbrachen, ließ sie ihnen die Köpfe rasieren, so daß sie sich um das Haareschneiden nicht zu kümmern brauchte.

Als sie jetzt Xavier in der Tür stehen sah, sagte sie: »Ihr schlimmen, lauten Kinder!« Er kam herüber, lehnte sich an ihren Sessel, und sie fuhr ihm mit ihren großen Händen über den Borstenkopf. Dann sagte sie zu ihm, sie habe Besuch, und er kehrte ins Eßzimmer zurück, wo Theresa jetzt allen die Comic-Seiten aus alten Zeitungen vorlas.

Mrs. Sennett und ich setzten unsere Unterhaltung fort. Wir versicherten einander, daß wir die Bucht liebten, und dehnten unsere Zuneigung auch auf den Ozean aus. Sie sagte, sie glaube wirklich nicht, daß sie noch einen Winter bei den Kindern verbringen werde. Ihr Vater wolle es zwar so, aber es werde ihr zuviel. Sie wolle einfach hier im Haus bleiben.

So verging der Nachmittag, und schließlich verabschiedete ich mich, weil ich wußte, daß Mrs. Sennetts »Verschnaufpause« um vier Uhr zu Ende war und sie dann anfing, das Abendessen zu machen. Um sechs Uhr sah ich Theresa mit einem Tuch über dem Kopf durch den Regen auf mein Haus zukommen, das nicht weit entfernt lag. Sie brachte mir ein Stück Lebkuchen, zehn Zentimeter im Geviert. Es war noch ganz heiß vom Backofen und wurde zwischen zwei Suppentellern warm gehalten.

Ein paar Tage später erfuhr ich von den Zwillingen, die mir Feuerholz und Brombeeren als Geschenk herüberbrachten, daß am nächsten Morgen ihr Vater zu Besuch kommen und ihre Tante, deren Mann und ihre Cousine, die ebenfalls Theresa hieß, mitbringen werde. Mrs. Sennett hatte versprochen, an einem schönen Tag zusammen mit allen ein Picknick am Tümpel zu machen. Sie würden im Freien kochen und in dem Süßwasser schwimmen, und sie wollten große Seifenstücke mitnehmen und bei dieser Gelegenheit auch baden. Die Männer sollten zu dem Tümpel wandern, und eine Freundin von Mrs. Sennett im Dorf hatte versprochen, die anderen in ihrem Wagen hinzufahren. Mrs. Sennett ging sehr selten aus dem Haus, und ich konnte mir vorstellen, was für eine Aufregung der Besuch und das Picknick ihr bringen würden.

Am nächsten Morgen sah ich, wie die Gäste vom Bahnhof zu Fuß mit ihren Taschen herüberkamen, und ich sah auch, wie Mr. Curley, ein großer, jugendlich wirkender Mann, Mrs. Sennett mit einem Kuß begrüßte. Dann sah ich zwei Tage lang nichts mehr von ihnen; ich hatte selbst Besuch, und die meiste Zeit fuhren wir in der Gegend am Cape Cod herum. Am vierten Tag kam Xavier mit einem vielfach gefalteten Zettel herüber. Er war von Mrs. Sennett, geschrieben in einer großen, heiteren, verschnörkelten Handschrift auf Papier mit Leinenprägung:

Meine liebe Nachbarin,

Meine Freundin hat mich mit dem Wagen versetzt. Morgen ist der letzte Tag, der Mr. Curley noch bleibt, und die Kinder wollten das Picknick so gern. Die Männer können zum Tümpel laufen, aber für die Kinder ist es zu weit. Ich sehe, daß Ihre Freundin einen Wagen hat, und es ist mir unangenehm zu fragen, aber könnten Sie uns vielleicht morgen früh zu dem Tümpel fahren? Es ist eine schreckliche Bagage, aber ich möchte nicht, daß ihnen das Picknick entgeht. Zurück können wir alle laufen, wenn wir nur erst mal dort sind.

Mit sehr freundlichen Grüßen
Carmen Sennett

Am nächsten Morgen luden meine Freundin und ich sie alle in den Wagen. Alle schienen auf Mrs. Sennett zu sitzen. Sie strahlten vor guter Laune. Mrs. Sennett war ganz heiser, weil sie die Tante immerzu fragte, ob die Kinder zuviel Lärm machten, und dann, wenn die Tante bejahte, den Kindern sagte, sie sollten still sein.

Abends brachten wir sie auch wieder zurück – die Frauen und die Kinder zumindest. Xavier hatte eine leere Ginflasche dabei, die ihm, wie Mrs. Sennett sagte, sein Vater geschenkt hatte. Sie beugte sich zu mir nach vorn und schrie mir ins Ohr: »*Der mag seinen Schnaps. Ist aber ein guter Mann.*« Das Haar der Kinder glänzte vor Sauberkeit, und John erzählte mir, am Ende seien auf dem ganzen Teich Inseln aus Seifenschaum herumgeschwommen.

Nach diesem Picknick überhäufte mich Mrs. Sennett mit zahllosen Geschenken, und mehrmals am Tag mußte ich die Kinder losschicken, um die leeren Schüsseln zurückzubringen. Jetzt mußten sie bald nach South Boston zurück, weil die Schule wieder anfing. Mrs. Sennett erklärte, daß sie nicht mitfahren werde; der Vater werde wiederkommen und seine Kinder abholen, aber sie werde dableiben. Er werde sich eine andere Haushälterin suchen müssen. Sie, Mrs. Sennett, werde ganz einfach hierbleiben und sich den Winter über die Bucht ansehen, und vielleicht werde ihre Schwester von Somerville zu Besuch kommen. Sie sagte mir das immer wieder, mit lauter Stimme, und ihre Turbane und ihre Halstücher gerieten immer mehr in Unordnung.

Eines Abends kam Mary vorbei, und wir saßen an einem alten Tisch im Garten hinter dem Haus und beobachteten den Sonnenuntergang.

»Papa ist heute gekommen«, sagte sie, »und übermorgen müssen wir los.«

»Bleibt Mrs. Sennett nun hier?«

»Beim Abendessen hat sie es gesagt. Sie sagte, diesmal werde sie wirklich dableiben, letztes Jahr hat sie es nämlich auch gesagt und ist doch mitgekommen, aber diesmal meint sie es ernst.«

Ich sagte: »Oh je«, und wußte gar nicht, für wen ich Partei ergreifen sollte.

»Es war schrecklich beim Abendessen. Ich habe geweint, immer nur geweint.«

»Hat Theresa auch geweint?«

»Oh, wir haben alle geweint. Papa hat auch geweint. Das machen wir immer so.«

»Aber meint ihr denn nicht, daß sich Mrs. Sennett mal ausruhen muß?«

»Ja, schon, aber ich glaube, sie kommt trotzdem mit. Papa hat ihr gesagt, er würde jeden Abend beim Essen weinen, wenn sie nicht käme, und dann haben wir es alle wirklich getan.«

Am nächsten Tag hörte ich von Xavier, daß Mrs. Sennett mit ihnen zurückfahren werde, aber bloß, um »beim Auspacken zu helfen«. Am folgenden Tag kam sie, begleitet von allen fünf Kindern, zu mir, um sich zu verabschieden. Sie hatte ihren Reisehut aus schwarzem Satin und schwarzem Stroh mit Ziermünzen daran aufgesetzt. Der hohe, düstere Hut wirkte über dem zerfurchten Gesicht sehr erhaben und sehr spanisch.

»Eigentlich ist das kein Abschied«, sagte sie. »Ich komme zurück, sobald ich diese schlimmen, lauten Kinder los bin.«

Aber die Kinder hingen an ihrem Rock und zerrten an ihren Ärmeln, schüttelten wie besessen die Köpfe und sagten lautlos mit breit verzogenen Mündern: »Nein! Nein! Nein!«

1948

Gwendolyn

MEINE TANTE MARY war achtzehn Jahre alt und machte »drüben in den Staaten«, in Boston, eine Ausbildung als Krankenschwester. In der untersten Schublade der Kommode in ihrem Zimmer, schön eingewickelt in weiches, rosa Seidenpapier, lag ihre beste Puppe. In diesem Winter kämpfte ich lange Zeit mit einer schweren Erkältung, und schließlich holte meine Großmutter diese Puppe hervor und gab sie mir zum Spielen. Ich war völlig überrascht und entzückt, denn ich hatte gar nicht gewußt, daß es sie gab. Es war eine Mädchenpuppe, aber meine Großmutter hatte ihren Namen vergessen.

Sie besaß eine große Garderobe, die meine Tante Mary angefertigt hatte und die jetzt in einem Spielzeugüberseekoffer aus grünem Blech mit geprägten Stoßleisten, Schlössern, Nagelköpfen und allem, was dazu gehört, verstaut war. Es waren wunderbare, schön genähte Kleider, die sogar in meinen Augen altmodisch wirkten. Da gab es lange Unterhosen mit niedlichem Spitzenbesatz, ein Leibchen und ein Korsett mit kleinen Fischgräten. Das war aufregend, aber am besten war das Schlittschuhkostüm. Dazu gehörten ein roter Samtmantel, ein Turban und ein Muff aus irgendeinem mottenzerfressenen braunen Pelz, und erst recht hinreißend, so sehr, daß man es kaum aushalten konnte, waren ein Paar zu kleine Schlittschuhe mit abgestumpften, aber spiegelblanken Kufen, die meine Tante Mary mit grobem, weißem Zwirn lose an die Sohlen der Stiefel genäht hatte.

Daß die Schlittschuhe so locker saßen, störte mich nicht. Es paßte zu der Persönlichkeit der Puppe, die sich sehr gut in die Rolle der Gesellschafterin eines Kranken gefügt hätte. Sie hatte so lange in ihrer Schublade gelegen, daß die Gummizüge in ihren Gelenken erschlafft waren; wenn man sie hochhielt, sackte der Kopf zur Seite, und die ausgestreckte Hand blieb nur einen Moment lang auf der Hand, die man ihr hinhielt, liegen, bevor sie müde herabglitt. Neben ihr kamen mir die Puppen, mit denen ich sonst spielte, plump und kindisch vor: die Campbell-Kid-Puppe mit ihrer kindlichen Narbe auf der Stirn, weil sie gegen den Kaminvorsetzer gefallen war; die beiden in groben Filz gekleideten Indianer Hiawatha und Nokomis; und die feiste »Baby-Puppe«, die mit ihren ausgebreiteten Armen immer nur hochgenommen werden wollte.

Meine Großmutter war sehr nett zu mir, als ich krank war. Während derselben Krankheit hatte sie mir schon ihren Knöpfekorb und ihren Fetzensack zum Spielen gegeben, und nachmittags legte sie die Flickendecke auf mein Bett. Der Knöpfekorb war groß und breit. Er muß an die zehn Pfund gewogen haben und enthielt alles, was man sich denken konnte, von Metallschließen für Männeroveralls bis zu einer Garnitur großer Stahlknöpfe mit durchbrochenen Aufsätzen, die einen Hirschkopf mit grünen Glasaugen zeigten. Der Fetzensack war interessant, weil ich in ihm Stücke von den Hauskleidern, die meine Großmutter gerade trug, finden konnte, auch Teile von den Sonntagshemden meines Großvaters. Aber am unterhaltsamsten war die Flik-kendecke. Meine Großmutter hatte sie vor langer Zeit gemacht, als solche Decken in dem kleinen Dorf in Neu-schottland, wo wir lebten, in Mode gewesen waren. Sie hatte kleine Seiden- oder Samtstücke in den verschie-densten Farben und Formen gesammelt und hatte all ihre Freundinnen und Freunde mit Bleistift ihre Na-men darauf schreiben lassen – manchmal auch noch ein Datum oder ein paar Worte. Dann hatte sie die Schrift mit Seidenfäden von unterschiedlicher Farbe in Ketten-stich nachgezogen und das Ganze auf kastanienbrau-nem Flanell zusammengesetzt und die einzelnen Stücke mit Hexenstich vernäht. Ich konnte damals schon ein bißchen lesen und immerhin die Namen der Leute, die ich kannte, entziffern, und manchmal erzählte mir meine Großmutter, dieses bestimmte Stück Seide stamme von Mrs. So-und-sos »Ausgeh-Kleid« von vor vierzig Jahren, und dieses Stück stamme von der Kra-watte eines ihrer Brüder, der inzwischen gestorben und in London beerdigt sei, und dieses stamme aus Indien und sei von einem anderen Bruder mitgebracht wor-den, der dort Missionar war.

Wenn es dunkel wurde – und das wurde es natürlich sehr früh –, nahm sie mich aus dem Bett, wickelte mich in eine Decke, setzte mich auf ihre Knie und schaukelte kräftig mit mir auf dem Schaukelstuhl. Ich glaube, ihr machte es genauso viel Spaß wie mir, denn sie sang mir dabei Kirchenlieder vor, mit ihrer irgendwie übertrie-ben wehmütigen Stimme, die bei den hohen Tönen plötzlich auf die Hälfte ihrer gewöhnlichen Lautstärke abfiel. Sie sang für mich »Es liegt ein grüner Berg fernab«, »Werden Sterne mich einst krönen?« und »Es naht die süße Zukunft«. Es gab auch Kirchenlieder, die eigens für Kinder bestimmt waren, wie dieses:

> Kindlein klein, Kindlein klein,
> Die ihren Heiland lieben,
> Sind wie Steine, edle Steine,
> Juwelenglanz für seine Krone…

Und dann, vielleicht weil wir Baptisten waren – ordentlich wäßrige –, warfen alle Heiligen (in was für einem seltsamen Anfall?) ihre Kronen »in die spiegelglatte See« hinab; außerdem »Wollen wir ans Ufer gehen?« und ihr Lieblingslied »Der Tag des Glücks ist immer Dein, als Du mich wuschst von Sünden rein«.

Dies schicke ich voraus. Die Geschichte von Gwendolyn begann erst im Sommer danach, als ich wieder gesund und munter war und die Erkältung, das Räusperkätzchen in meiner Brust und das kalte Stethoskop des Doktors längst vergessen hatte.

Gwendolyn Appletree war das jüngste Kind und die einzige Tochter einer großen, weitverzweigten Familie, die vier oder fünf Meilen außerhalb auf einer einsamen Farm zwischen den Tannen lebte. Sie war vielleicht ein Jahr älter als ich – also ungefähr acht –, und ihre fünf oder sechs Brüder waren vermutlich dreizehn oder fünfzehn oder noch älter und kamen mir vor wie erwachsene Männer. Aber Gwendolyn und ich, wir waren Freundinnen, obwohl wir uns nicht sehr oft trafen, und für mich verband sich mit ihr alles, was die abstoßenden und dennoch faszinierenden Wörter »kleines Mädchen« bedeuten konnten. An erster Stelle ihr schöner

Name. Von mir aus hätte seine daktylische Dreisilbigkeit immer und ewig forttänzeln können. Außerdem war sie, wenngleich älter, genauso klein wie ich und blond und rosa und weiß wie der Apfelbaum in ihrem Familiennamen, wenn er blühte. Und außerdem war sie »empfindlich«, was ich trotz meiner Erkältung nicht war. Sie war zuckerkrank. Das hatte man mir erzählt, und ich hatte eine verschwommene Vorstellung davon, daß es mit »zuviel Zucker« zu tun hatte. Es machte Gwendolyn noch attraktiver, so als würde sich, wenn man in sie hineinbisse, herausstellen, daß sie aus massivem Kandis bestand und mit ihrer zartfarbigen Haut genauso schmeckte wie die Zuckergußostereier oder die Kerzenhalter auf der Geburtstagstorte, die alle für ungenießbar hielten, bloß ich nicht.

Ich weiß nicht, wie man damals Diabetes behandelte – ob man Gwendolyn zum Beispiel Insulin gab oder nicht, aber ich glaube es nicht. Meine Großeltern sprachen allerdings oft mißbilligend darüber, daß sich ihre Eltern nicht an die Anweisungen des Arztes hielten und ihr alles gaben, was sie essen wollte, auch zwei Stücke Torte zum Tee, und daß sie ihnen nicht erhalten bliebe, wenn sie nicht vernünftiger wurden. Hin und wieder bekam sie einen rätselhaften Anfall, »Krämpfe« oder ein »Koma«, aber am nächsten oder übernächsten Tag sah ich sie schon wieder, wenn sie mit ihrem Vater vor dem Laden neben unserem Haus anhielt, und sie sah genauso aus wie immer und winkte mir zu. Gelegentlich wurde sie auch zu uns gebracht, und wir verbrachten den Tag oder den Nachmittag zusammen, während ihre Eltern die Küste hinunterfuhren und Verwandte besuchten.

Das war immer wunderbar. Wenn sie ankam, hatte sie eine Puppe oder ein anderes Spielzeug dabei; ihre Mutter brachte meiner Großmutter einen Kuchen oder ein Glas Marmelade mit. Dann hatte ich Gelegenheit, ihr immer wieder von neuem alle meine Habseligkeiten zu zeigen. Ziemlich oft brachte sie die kleinen Holzwürfel mit, die ganz genau in eine flache Pappschachtel paßten. Jede Seite der Würfel war diagonal geteilt und in leuchtenden Rot-, Gelb- und Blautönen bemalt, und wir ordneten sie zu hübschen geometrischen Mustern an. Wenn man vorsichtig war, konnte man das Ganze nehmen und umdrehen, und dann erschien auf der Rückseite ein ähnliches Muster in anderen, ebenso leuchtenden Farben. In ihrer Direktheit waren diese Muster vollkommen befriedigend, genau wie der Union Jack. Wir spielten ruhig zusammen und stritten uns nicht.

Bevor ihr Vater und ihre Mutter im Einspänner abfuhren, wurde Gwendolyn wieder und wieder umarmt, zum letzten Mal wurde das Gesicht gewaschen, die Strümpfe hochgezogen, die Nase geputzt; ihr Vater nahm sie hoch, setzte sie wieder ab und schwenkte sie noch mal und noch mal herum, und ihre Mutter gab ihr ein paar weiße Pillen. Manchmal dauerte dies alles so lange, daß mein Großvater unversehens in die Scheune zurückkehrte und meine Großmutter sich wieder am Spülbecken zu schaffen machte und anfing, leise ein Kirchenlied vor sich hin zu singen, aber es war nichts, verglichen mit den überschwenglichen Szenen, die sich ein paar Stunden später bei der Rückkehr abspielten. Dann fraßen ihre Eltern sie abwechselnd fast auf, als wäre sie tatsächlich aus Zucker, wie ich ja ohnehin argwöhnte. Neidisch beobachtete ich diese erregenden Szenen, bis Mr. und Mrs. Appletree schließlich mit Gwendolyn davonfuhren, die in ihrem weißen Kleid, mit mattgoldenem, wehendem Haar zwischen ihnen stand und noch immer von zwei Seiten her geküßt wurde. Auch meine Großeltern liebten mich, aber so etwas gab es nicht. Meine Großmutter war entrüstet. »Sie werden das Kind noch mal totküssen, wenn sie nicht achtgeben«, sagte sie. »Schmusen, immer nur schmusen«, sagte mein Großvater und machte sich wieder an seine Arbeit.

Deutlich erinnere ich mich an drei Episoden in diesem Sommer, in denen Gwendolyn die Rolle der schönen Heroine spielte – eine Rolle, die immer mehr wuchs, bis sie schließlich das bescheidene, aber doch überzeugende Talent sprengte, das sie für diesen Part besaß.

Einmal gingen meine Großeltern mit mir zu einem Kirchen-Picknick. Wie gesagt, wir waren Baptisten, aber die meisten Leute im Dorf, auch die Appletrees, waren Presbyterianer. Bei geselligen Anlässen jedoch taten sich, glaube ich, die beiden Sekten manchmal zusammen, oder aber wir waren so tolerant, auch zu einem presbyterianischen Picknick zu gehen – ich weiß es nicht mehr. Jedenfalls packten wir drei, angetan mit unseren zweitbesten Kleidern, ein gewaltiges Picknick-Abendessen zusammen und fuhren hinter Nimble II. zu dem Picknickgelände neben dem Fluß. Es war ein schöner Platz; hohe Fichten und Kiefern standen bis dicht an das klare, bräunliche Wasser mit den bemoosten, terracottafarbenen Steinen am Ufer; die braunen Kiefernnadeln machten den Boden glatt. Schüsseln mit

Bohnen und Plätzchen und überbackenen Kartoffeln wurden auf lange Tische gestellt, und dazu all unsere Varianten von Pickles und Leckereien (Pickles in Senfsoße und Gemüse in Essig), Eingemachtes und Eingekochtes, Torten und Pasteten, Pfefferkuchen und Sirupplätzchen – alles glänzte und glitzerte in der Abendsonne –, und über zwei Feuern wurde Wasser für den Tee zum Kochen gebracht. Meine Großmutter ließ sich auf einem Baumstamm nieder, um sich mit ihren Freundinnen zu unterhalten, und ich watete mit meinen Freunden im Fluß herum. Mein Vetter Billy war auch da und Seth Hill und die kleinen McNeil-Zwillinge, aber Gwendolyn fehlte. Später zum Abendessen oder, wie alle Neuschottländer sagen, zum »Tee« gesellte ich mich wieder zu meinen Angehörigen. Meine Großmutter sprach gerade mit einem der Appletree-Jungen, der sich neben uns seinen Teller füllte, und fragte ihn, wo sein Vater und seine Mutter seien und wie es Gwendolyn gehe.

»Ganz schön schlecht«, antwortete er, wobei er das Kopfschütteln eines älteren Mannes nachahmte. »Gestern morgen glaubte Ma, wir würden sie verlieren. Ich bin hergefahren und habe den Doktor geholt. Aber heute geht es ihr schon wieder etwas besser.«

Wir tranken unseren Tee und aßen schweigend, und nach einiger Zeit begann mein Großvater von etwas anderem zu reden. Aber kurz bevor wir fertig waren, als alles grau zu werden begann und plötzlich ein süßer Duft von Flußwasser vom Ufer heraufstrich, fuhr ein Einspänner in weitem Bogen auf den Picknickplatz und kam gleich neben uns zum Stehen. Darin saßen Mr. und Mrs. Appletree, und zwischen ihnen stand, wie gewöhnlich, Gwendolyn in einem ihrer weißen Kleider und darüber eine kleine schwarzweiß karierte Jacke. Es entstand ein ziemlicher Wirbel um die Neuankömmlinge. Mein Großvater hob Gwendolyn vom Wagen, setzte sich auf eine der rohen Bänke neben den Picknicktischen und nahm sie auf die Knie. Ich lehnte mich an ihn, aber Gwendolyn sagte nichts zu mir; sie lächelte bloß, als würde sie sich über alles sehr freuen. Sie sah hübscher und empfindlicher aus als je zuvor, und ihre Wangen strahlten rosa. Ihre Mutter machte ihr eine Tasse schwachen Tee, und ich konnte den Blick meiner Großmutter sehen, als der Zucker dazukam. Gwendolyn habe so gern kommen wollen, erzählte ihre Mutter, da hätten sie sich überlegt, sie für ein Weilchen vorbeizubringen.

Einige Zeit nachher wurde Gwendolyn wieder einmal gebracht, um mich zu besuchen, aber diesmal sollte sie den ganzen Tag, die Nacht und einen Teil des folgenden Tages bleiben. Ich war sehr aufgeregt und beriet mit meiner Großmutter unendlich lange darüber, wie wir die Zeit verbringen sollten – ob ich mit ihr in der Scheune springen oder sie zum Schwimmen mit an den Fluß nehmen konnte. Nein, beides sei zu anstrengend für Gwendolyn, aber wir könnten mit den Flaschen spielen und sie mit gefärbtem Wasser füllen (das wir mit den Farben aus meinem Malkasten herstellten), es war damals gerade mein Lieblingsspiel, und am Nachmittag könnten wir eine Tee-Party für die Puppen veranstalten.

Alles ließ sich gut an. Nach dem Mittagessen ging Gwendolyn in den Salon und legte sich auf das Sofa, und meine Großmutter deckte sie mit einem Umhängetuch zu. Ich wollte ihr zeigen, wie ich Klavier spielen konnte, aber ich mußte sofort wieder aufhören und allein nach draußen gehen. Später kam Gwendolyn zu mir in den Blumengarten, und wir veranstalteten die Tee-Party. Danach zeigte ich ihr, wie man Hummeln in Fingerhutblüten fangen kann, doch auch das unterband meine Großmutter, weil es zu anstrengend und zu gefährlich sei. Unsere Spiele waren nicht ohne einen Anflug ländlicher Verworfenheit. Ich kann mich nicht mehr erinnern, was dort geschah, wenn überhaupt etwas geschah, aber sehr genau erinnere ich mich noch, daß uns befohlen wurde, aus dem weißgetünchten Abort in der Scheune herauszukommen, nachdem wir uns dort eingeschlossen hatten, auf die Sitze geklettert waren und uns aus dem kleinen Fenster gehängt hatten, von dem man einen schönen Blick auf das mit Ulmen bestandene »Zwischenfeld« auf der Rückseite von unserem Hof hatte. Es wurde schon dunkel; meine Großmutter schimpfte mit mir und sagte, wir dürften uns niemals dort einschließen, aber zu Gwendolyn war sie empörend freundlich, und Gwendolyn wirkte engelhafter denn je.

Nach dem Tee saßen wir noch eine Zeitlang an dem Tisch unter der Öllampe und spielten mit den herrlichen Holzwürfeln, und dann war Schlafenszeit. Gwendolyn sollte zusammen mit mir in meinem Bett schlafen. Es war so ungewohnt und aufregend für mich, daß ich sehr lange brauchte, um mich für das Zubettgehen fertig zu machen, wohingegen Gwendolyn im Handumdrehen so weit war, sich mit geschlossenen Augen an die Wandseite legte und so tat, als wäre sie unter dem Lampenlicht, das ihr wunderbar blondes Haar beschien, schon eingeschlafen. Ich fragte sie, ob sie denn nicht beten würde, bevor sie sich hinlegte, aber sie sagte, nein, ihre Mutter habe ihr erlaubt, im Bett zu beten, »weil ich doch bald sterbe«.

Zumindest glaubte ich das gehört zu haben. Ich konnte nicht recht glauben, daß ich sie es wirklich hatte sagen hören, und ich konnte natürlich auch nicht danach fragen. Mit klopfendem Herzen putzte ich mir die Zähne mit dem eiskalten Brunnenwasser und spuckte in die Porzellanschüssel. Dann kniete ich mich hin und sprach meine Gebete mit halblauter, leiernder Stimme, während mein Herz klopfte und klopfte. Ich brachte es einfach nicht fertig, mich auf meine Seite in das Bett zu legen, deshalb lief ich herum und sammelte Gwendolyns Kleider auf. Sie hatte sie auf den Boden geworfen. Ich legte sie über die Lehne eines Stuhls – das blauweiß gestreifte Kleid, die Bluse, die langen braunen Strümpfe. Ihre Unterhose war an den Beinen mit Spitzen besetzt, aber sie war sehr schmutzig. Dies bestürzte mich so, daß ich meine Stimme wiederfand und anfing, ihr mehr Fragen zu stellen.

»Ich schlafe«, sagte Gwendolyn, ohne die Augen zu öffnen.

Aber nachdem meine Großmutter das Licht gelöscht hatte, redete Gwendolyn wieder mit mir. Wir erzählten einander, welche Farbkombinationen uns am besten gefielen, und ich weiß noch, wie außerordentlich originell ich mir vorkam, als ich behauptete, mir hätten schon immer die Farben Braun und Schwarz am besten gefallen, obwohl es mir gerade erst eingefallen war. Ich sah sie vor mir als kleine Samtstücke, wie von der Flickendecke, oder als glatte, rechteckige Emailplatten, wie die Farbmusterkarten, um die ich im Gemischtwarenladen immer bettelte.

Zwei Tage nach diesem Besuch starb Gwendolyn wirklich. Einer ihrer Brüder kam herein, um es meiner Großmutter zu sagen – ich saß gerade in der Küche, als er es ihr erzählte –, wieder mit diesem Altmännerkopfschütteln und dazu einige traurige, altertümlich klingende Redewendungen. Meine Großmutter weinte und trocknete sich die Augen mit der Schürze, während sie ihm mit ebenso traurigen und ebenso altertümlichen Wendungen antwortete. Die Beerdigung sollte zwei Tage später sein, doch ich würde nicht hingehen dürfen.

Mein Großvater ging hin, aber meine Großmutter nicht. Sie glaubten, ich wüßte gar nicht, was da vor sich ging, aber da die presbyterianische Kirche gleich auf der anderen Seite des Dorfangers gegenüber unserem Haus lag und ich hören konnte, wie die Einspänner auf dem Kies vorfuhren, und schließlich auch die Glocke zu läuten begann, wußte ich sehr genau Bescheid, und mein Herz begann wieder zu klopfen; mir schien, es klopfte so laut, wie die Glocke läutete. Ich wurde zum Spielen in den Garten auf der anderen, der Kirche abgewandten Seite des Hauses geschickt. Aber durch eines der Küchenfenster – die Küche bildete ein »L« und hatte auf beiden Seiten Fenster – konnte ich sehen, daß meine neugierige Großmutter ihren Schaukelstuhl direkt an ein Fenster auf der anderen Seite des »L« rückte, wie sie es jeden Sonntagmorgen tat, um die Presbyterianer beim Kirchgang zu beobachten. So war es der heimliche Brauch bei den Baptisten, die in Sichtweite der Kirche wohnten, und später, am Nachmittag, wenn sie sich zu ihrem eigenen Gottesdienst trafen, tauschten sie harmlose Bemerkungen aus wie: »Heute morgen hatten sie ja einen ganz ordentlichen Auftrieb« und »Ist Mrs. Peppard denn immer noch bettlägerig? Ich habe sie heute morgen gar nicht mitbekommen.«

Aber heute war es ganz anders, und als ich von der einen Seite des »L« zu meiner Großmutter hereinspähte, sah ich, daß sie weinte und immerzu weinte und zwischendurch nach den Trauergästen auf der anderen Seite spähte. Sie hielt ein Taschentuch, das schon ganz naß war, und schaukelte sanft.

Das war zuviel für mich. Ich schlich durch die Seitentür ins Haus zurück und in den verschlossenen Salon, von wo auch ich zur Kirche hinübersehen konnte. Im Fenster hingen lange Spitzengardinen, und draußen waren der Fingerhut und die Bienen, aber ich konnte alles vollkommen deutlich, wenn auch durch Spitzenmuster gebrochen, sehen. Die Kirche war ziemlich groß – ein gotischer Bau mit weißen Schindeln, einfache Stützpfeiler ohne Schwibbogen und ein hoher Holzturm –, und sie war mir so vertraut, wie mir meine Großmutter vertraut war. Ich spielte mit meinen Freundinnen oft Verstecken zwischen den Pfeilern. Die Unterstände für die Pferdewagen, die jetzt alle besetzt waren, lagen auf der Rückseite, und um das große Rasenstück vorne standen weiße Holzpfosten. Von einem zum anderen schwang sich eine doppelte Kette, auf die mein Vetter Billy, der direkt neben der Kirche wohnte, und ich gerne kletterten, um zu schaukeln.

Endlich waren anscheinend alle hineingegangen, und innen wurde eine Tür geschlossen. Nein, noch standen zwei schwarzgekleidete Männer in dem offenen Außenportal und unterhielten sich. Plötzlich hörte die Glocke auf zu läuten, die beiden Männer verschwanden, und ich bekam es, so allein in diesem Salon, mit der Angst zu tun, konnte aber jetzt nicht hinausgehen. Es schien Stunden zu dauern. Man hörte Gesang, aber ich erkannte die Lieder nicht, entweder weil ich zu nervös war oder weil die Presbyterianer, wie sie es manchmal taten, Lieder sangen, die ich nicht kannte.

Ich hatte natürlich schon viele Beerdigungen wie diese miterlebt, und gern begleitete ich meinen Großvater, wenn er mit Sense und Sichel auf den Friedhof ging, um das Gras auf den Gräbern unserer Familie zu mähen. Der Friedhof, der zum Dorf gehörte, war gewiß einer der schönsten auf der ganzen Welt. Er lag am Ufer des Flusses, zwei Meilen weiter unten, an einer Stelle, wo das Ufer hoch war. Klein und grün und weiß lag er dort mit seinen Tannen und Zedern und seinen Grabsteinen, die vor der in rötlichen Lavendeltönen träumenden Bay of Fundy schwankten. Die Gedenksteine waren meistens ziemlich dünne, grob behauene weiße Marmorplatten, die oft leicht geneigt standen, aber hier und da standen auch kleine Urnen und Obelisken und zerbrochene Säulen. Ein paar Gräber waren von dünnen Ketten umgeben, so wie die presbyterianische Kirche, andere waren wie kleine Gärten mit Holz oder Eisen eingezäunt, und im Gras wuchsen wilde Strauchrosen. Auch Blaubeeren wuchsen dort, aber ich aß sie nicht, denn, wie die Leute zu sagen pflegten: »man kann nie wissen«, aber einmal, als ich hingegangen war, hatte mir meine Großmutter eine Tasse ohne Henkel mitgegeben und mich gebeten, ein paar Teebeeren mitzubringen, die auf den Gräbern »gut gediehen«, und ich hatte es getan.

Und dort spielte ich dann, während mein Großvater unter seinem Strohhut das Gras mähte und mir, wie es ihm gerade einfiel, von den Leuten erzählte, die dort lagen. Ich interessierte mich natürlich vor allem für die Gräber von Kindern, für ihre Namen, in welchem Alter sie gestorben waren – ob sie älter als ich waren oder jünger. Der beliebteste Gedenkstein für Kinder war ein niedriger Quader aus demselben grob behauenen weißen Marmor wie die größeren Steine, aber mit einem ruhenden Lamm oben darauf. Ich liebte diese Lämmer heiß und innig, ich zählte sie, liebkoste sie und setzte mich auf sie. Manche waren von trockenen, goldglänzenden Flechten, andere von einer Mischung aus grünen, goldenen und grauen fast verdeckt, einige waren zwischen dem hohen Gras, den Rosen, den Blaubeeren und den Teebeeren fast verschwunden.

Während ich so aus dem Fenster guckte, geschah drüben an der Kirche plötzlich etwas. Etwas, das eigentlich überhaupt nicht geschehen konnte, so daß ich in Wirklichkeit etwas Ähnliches gesehen und mir das übrige dazu eingebildet haben muß; oder ich hatte mich so heftig auf das eine konzentriert, daß ich nichts anderes sehen konnte.

Die beiden schwarzgekleideten Männer tauchten wieder auf und trugen zwischen sich Gwendolyns kleinen weißen Sarg. Und nun – dies war das Unmögliche – stellten sie ihn gleich neben der Kirchentür ab, mit dem einen Ende in das Gras, während sie das andere etwas anhoben und in einem flachen Winkel gegen die Wand lehnten. Dann verschwanden sie wieder im Inneren.

Eine Minute lang starrte ich durch die Spitzengardinen auf Gwendolyns Sarg, in dem Gwendolyn unsichtbar für immer eingeschlossen war, dort, vollkommen allein auf der Wiese neben dem Kirchenportal.

Dann rannte ich heulend durch die Hintertür hinaus, zwischen die erschreckten weißen Hühner, und meine immer noch weinende Großmutter hinter mir her.

Wenn ich mir Mühe gebe, kann ich mir noch heute die Empfindung dieses Augenblicks ganz genau in Erinnerung rufen, aber andererseits gehört sie auch zu denen, die uns manchmal von selbst überfallen und erschrecken. Ich kannte das schon und erkannte es nun wieder; ich hatte so etwas schon einmal erlebt, kurz vor der Erkältung im letzten Winter. Eines Abends saßen wir alle um den Tisch unter der Lampe; mein Großvater war im Lehnstuhl eingenickt, meine Großmutter häkelte, und meine Tante Mary, die damals noch nicht nach Boston gefahren war, las in *Maclean's Magazine*. Ich malte Bilder, als mir plötzlich etwas einfiel, ein Geschenk, das ich schon vor Monaten bekommen und inzwischen ganz vergessen hatte. Es war ein Erdbeerkörbchen, das zur Hälfte mit Murmeln gefüllt war – gesprenkelten aus Ton, in den üblichen Farben rot, braun, purpur und grün. Dazwischen gab es aber auch solche, wie ich sie noch nie gesehen hatte: aus schönem unglasierten, cremefarbenem Ton mit purpurnen und rosa Linien darauf. Ein oder zwei der größeren von dieser Sorte waren sogar mit kleinen Blumen verziert. Aber die schönste von allen, so fand ich, war eine wirklich große, vielleicht drei Zentimeter im Durchmesser, mit einer mattglänzenden rosa Glasur, wie Steingut. Ich hätte weinen können, wenn ich sie betrachtete; es »ging mir durch und durch«.

Ich fing also an, über diese Murmeln nachzudenken – fragte mich, wo sie die ganze Zeit gewesen sein könnten, wo ich sie hingetan hatte, ob ich sie verloren hatte –, bis ich es zuletzt nicht mehr aushalten konnte und sie suchen mußte. Ich ging hinaus in die dunkle Küche und tastete im untersten Fach eines Schrankes herum, in dem ich einige Habseligkeiten von mir aufbewahrte. Ich fuhr an den Rändern zerlesener Bücher und an Blechspielzeugen mit scharfen Kanten entlang, und dann, ganz weit hinten, fühlte ich tatsächlich den Erdbeerkorb. Ich zog ihn hervor und trug ihn ins Wohnzimmer.

Die anderen achteten nicht darauf. Ich starrte in den Korb und nahm ein paar Murmeln heraus. Aber was war da geschehen? Sie waren mit Schmutz, Staub und Spinnweben bedeckt, Nägel, Bindfadenreste und alte, mit blauem Schimmel bedeckte Roßkastanien lagen zwischen ihnen, und sie hatten all ihren Glanz verloren. Die große rosa Murmel war da, aber ich erkannte sie kaum wieder, so schmutzig war sie. (Später, als meine Großmutter sie abgewaschen hatte, war sie natürlich wieder wie neu.) Die breite Flamme der Lampe begann zu verschwimmen; das blonde Haar meiner Tante begann zu verschwimmen; ich ließ den Kopf auf die Murmeln sinken und weinte laut. Mein Großvater fuhr aus seinem Schlaf hoch und sagte: »Himmel, was hat denn das Kind?« Alle versuchten mich zu trösten – ohne zu ahnen, wofür.

Ungefähr einen Monat nach der Beerdigung – es war immer noch Sommer – fuhren meine Großeltern für einen Tag »über den Berg«, um die Cousine Sophy zu besuchen. Ich sollte bei einer anderen Tante, der Mutter meines Vetters Billy, bleiben und mit ihm spielen, solange sie fort waren. Aber schon bald verließen wir seinen Garten und schlenderten zu meinem zurück, der größer und interessanter war und für uns den zusätzlichen Reiz hatte, daß wir hier ganz allein und unbeobachtet waren. Der lange sonnige Nachmittag bestand aus einer Kette von Zerstreuungen, Streitereien und Versöhnungen. Aus Marmeladengläsern saugten wir Wasser durch Schnittlauchhalme, bis wir nach ihnen rochen, und stritten uns um den Besitz von Insekten, die wir in Streichholzschachteln gesperrt hatten. Absichtlich trat Billy, um mich zu ärgern, auf eine meiner Schachteln und zerquetschte deren Insassen. Als wir uns nach dieser Gewalttat wieder vertragen hatten, setzten wir uns und redeten eine Zeitlang über den Tod im allgemeinen und wie man in den Himmel kommt, aber wir fingen an uns zu langweilen und wurden immer verwegener, und endlich tat ich etwas ganz und gar Böses: Ich ging ins Haus, hinauf in das Zimmer meiner Tante Mary, und holte die in Seidenpapier eingewickelte, wieder sorgfältig verstaute Puppe herunter. Billy hatte sie noch nie gesehen und war genauso beeindruckt, wie ich es gewesen war.

Wir gingen sehr behutsam mit ihr um. Wir nahmen ihr den Hut ab, zogen ihr Schuhe und Strümpfe aus und untersuchten jeden Stich ihrer Unterwäsche ganz genau. Dann spielten wir »Bauchoperation«, aber wir gingen dabei so ehrfürchtig mit ihr um, daß es bald keinen Spaß mehr machte. Dann kam uns die Idee, sie mit Blumen zu schmücken. Es gab ein Büschel wilde Stiefmütterchen, das, wie ich glaubte, mir gehörte; die pflückten wir und flochten daraus einen Kranz für die namenlose Puppe. Wir legten sie auf den Gartenweg, rahmten ihren Körper mit Stiefmütterchen und Schleierkraut ein und gaben ihr ein rosa Schmuckkörbchen in eine der schlappen Hände. Sie sah wunderschön aus. Dieses Spiel war aufregender als »Operieren«. Ich weiß nicht mehr, wer es als erster sagte, aber einer von uns sagte mit unbändiger Freude – das sei Gwendolyns Beerdigung, und der richtige Name der Puppe sei schon immer Gwendolyn gewesen.

In diesem Moment fuhren meine Großeltern in den Hof und fanden uns, und meine Großmutter war wütend, weil ich es gewagt hatte, Tante Marys Puppe anzurühren. Billy wurde auf der Stelle nach Hause geschickt, und ich weiß nicht mehr, was mir Schlimmes widerfuhr.

1953

Im Dorf

E IN SCHREI, das Echo eines Schreis, hängt über dem
Dorf in Neuschottland. Keiner hört ihn; für immer
hängt er da, ein kleiner Fleck im reinen blauen Himmel, jenem Himmel, den Reisende mit dem der Schweiz
vergleichen, zu dunkel, zu blau, so daß er zum Horizont
hin noch ein wenig dunkler zu werden scheint – oder an
den Rändern des Blickfelds? –, von der Farbe der Blü-
tenwolke auf den Ulmen, von dem Violett auf Haferfel-
dern; etwas, das Wälder und Gewässer und auch den
Himmel überdunkelt. Der Schrei hängt einfach da, un-
gehört, in der Erinnerung – in der Vergangenheit, in
der Gegenwart und in den Jahren dazwischen. Eigentlich war er gar nicht besonders laut, vielleicht. Er wurde
einfach lebendig für immer – nicht laut, bloß lebendig
für immer. Sein Ton gäbe den Ton meines Dorfes.
Schnipp mit dem Fingernagel gegen den Blitzableiter
auf der Kirchturmspitze, dann hörst du ihn.

Sie stand in dem großen vorderen Schlafzimmer, auf
beiden Seiten schräge Wände, die mit breiten, weißen
und goldschimmernden Streifen tapeziert waren. Später war sie es, die den Schrei ausstieß.

Die Dorfschneiderin hatte ihr ein neues Kleid zur Anprobe gebracht. Es war ihr erstes seit fast zwei Jahren,
und diesmal hatte sie sich gegen Schwarz entschieden,
deshalb war das Kleid purpurrot. Sie war sehr dünn. Sie

war sich noch gar nicht sicher, ob ihr das Kleid gefiel oder nicht, und immer wieder griff sie mit ihren schmalen weißen Händen in die Falten des Rocks, der, noch voller Nadeln steckend, um sie herum auf dem Boden schleifte, und blickte an dem Stoff herab.

»Steht mir diese Farbe? Ist es zu hell? Ich weiß nicht. Ich habe schon so lange nichts Farbiges mehr getragen... Wie lange? Oder vielleicht doch lieber schwarz? Findet ihr, ich sollte schwarz tragen, wie bisher?«

Manchmal kamen Trommler vorbei, die rote oder grüne Bücher mit Goldschnitt verkauften, unschöne Bücher voller Illustrationen zur biblischen Geschichte in frischen leuchtenden Farben. Die Leute auf den Bildern trugen Gewänder, die wie das Purpurkleid waren – oder vielmehr so, wie es damals noch aussah.

Ein heißer Sommernachmittag. Ihre Mutter und deren beiden Schwestern waren da. Vor kurzem hatte die ältere Schwester sie von Boston nach Hause gebracht und war noch geblieben, um zu helfen. In Boston hatte es sich nämlich nicht gebessert, dabei war sie monatelang dort geblieben – oder ein ganzes Jahr? Trotz der Ärzte, trotz der erschreckenden Kosten hatte es sich nicht gebessert.

Das erste Mal war sie mit ihrem Kind nach Hause gekommen. Dann war sie wieder weggegangen, allein, und hatte das Kind zurückgelassen. Dann war sie nach Hause gekommen. Dann war sie noch einmal weggegangen, zusammen mit ihrer Schwester; und jetzt war sie wieder zu Hause.

Nicht daran gewöhnt, sie wieder für sich zu haben, stand das Kind jetzt in der Tür und sah zu. Die Schneiderin kroch auf den Knien herum und aß Nadeln, wie

Nebukadnezar herumgekrochen war und Gras gegessen hatte. Die Tapete schimmerte, draußen wiegten sich die Ulmen schwer und grün, und die Strohmatten dufteten wie der Geist des Heus.

Bing.

Bing.

Oh herrliche Klänge aus der Werkstatt des Hufschmieds an der Rückseite des Gartens! Über den Fliederbüschen konnte man ihr graues Dach mit den Moospolstern darauf sehen. Dort war Nate – Nate mit seiner langen schwarzen Lederschürze über der Hose und der nackten Brust, schwitzend, eine schwarze Lederkappe über den spröden, dichten, schwarzgrauen Locken, das Gesicht rußschwarz; Feilspäne, Schnurrbart und Goldzähne, das alles, und ein Geruch nach rotglühendem Metall und Pferdehufen.

Bing.

Der reine Ton: rein und engelgleich.

Das Kleid war ganz verkehrt. Sie schrie.

Das Kind verschwindet.

Später sitzen sie, die Mutter und die drei Schwestern, im Schatten auf der hinteren Veranda und nippen an saurem, verdünntem Rubinrot: Himbeersirup. Die Schneiderin lehnt es ab, sich zu ihnen zu setzen, und geht; das Kleid hat sie an ihr Herz gepreßt. Das Kind besucht den Hufschmied.

In der Schmiede hängen lauter Dinge in den Schatten oben, und Schatten hängen zwischen den Dingen, und in den Ecken häuft sich schwarzer, schimmernder Abfall. Ein Bottich mit nachtschwarzem Wasser steht neben der Esse. Die Hufeisen schweben durch die Dunkelheit wie kleine blutige Monde und ertrinken nacheinander wie kleine blutige Monde unter zischendem Protest in dem schwarzen Wasser.

Draußen an der Dachtraufe steigen gewissenhafte Wespen vor einer Geißblattranke mühelos auf und ab.

Drinnen knarrt der Blasebalg. Nate tut wahre Wunder mit beiden Händen; mit einer Hand. Das anwesende Pferd stampft mit dem Fuß auf und nickt, als würde es einem Friedensvertrag zustimmen.

Nick.

Und nick.

Ein Neufundländer schaut zu ihm hoch, und fast berühren sich ihre Schnauzen, aber nicht ganz, denn im letzten Moment überlegt das Pferd es sich anders und wendet sich ab.

Draußen im Gras verstreut liegen große, fahlgraue Granitscheiben, wie Mühlsteine, zur Herstellung von Felgenbändern. An diesem Nachmittag sind sie zu heiß zum Anfassen.

Jetzt sinkt er zur Erde, der Schrei.

Jetzt ist die Schneiderin zu Hause, sie heftet das Kleid mit großen Stichen, aber in Tränen. Es ist der schönste Stoff, mit dem sie seit Jahren gearbeitet hat. Aus Boston ist er der Frau geschickt worden, ein Geschenk ihrer Schwiegermutter, und weiß der Himmel, was er gekostet hat.

Bevor meine ältere Tante sie zurückbrachte, hatte ich zugesehen, wie meine Großmutter und meine jüngere Tante ihre Kleider und ihre »Sachen« auspackten. In Koffern und Fässern und Kisten waren sie aus Boston gekommen, wo *sie* und ich früher einmal gewohnt hatten. So viele Dinge im Dorf kamen aus Boston, und sogar ich war einmal von dort gekommen. Aber erinnern konnte ich mich nur daran, daß ich hier war, bei meiner Großmutter.

Die Kleider waren schwarz oder weiß oder schwarz-weiß.

»Hier ist ein Trauerhut«, sagt meine Großmutter und hält etwas Großes, Hauchdünnes, Schwarzes mit großen schwarzen Rosen darauf in die Höhe; ich vermute zumindest, daß es Rosen sind, auch wenn sie schwarz sind.

»Da ist der Trauermantel, den sie im ersten Winter gekauft hat«, sagt meine Tante.

Sie sagen »Trauerhut« und »Trauermantel«, *mourning hat* und *mourning coat*, aber ich verstehe immer *morning – morning hat* und *morning coat*, »Morgenhut« und »Morgenmantel«. Warum kleidete man sich denn morgens in Schwarz? Und wie früh am Morgen fing man damit an? Schon vor Sonnenaufgang?

»Oh, hier sind ein paar Hauskleider!«

Sie sind hübscher. Frisch und gestärkt, steif zusammengelegt. Eins mit einem schwarzen Punktmuster. Eins mit schmalen schwarzen und weißen Streifen und Schleifen aus schwarzem Seidenband. Ein drittes mit einer schwarzen Samtschleife und auf der Schleife eine Nadel mit einem kleinen Perlenkranz.

»Sieh mal. Die hat sie vergessen, abzunehmen.«

Ein weißer Hut. Ein weißer Sonnenschirm mit Stickereien. Schwarze Schuhe mit Schnallen, die schimmern wie der Abfall in der Hufschmiede. Ein aus Silber gewirkter Beutel. Ein silbernes Visitkartenetui an einem Kettchen. Noch ein aus Silber gewirktes Säckchen, das zu einem engen Hals aus Silberstreifen zusammenge-

schnürt ist, die sich nach außen öffnen wie der Hutstän-
der im vorderen Flur. Eine Photographie in einem Sil-
berrahmen, die rasch umgedreht wird. Taschentücher
mit schmalen schwarzen Rändern – »Morgentaschentü-
cher«. Im hellen Sonnenlicht auf dem Frühstückstisch
flimmern sie.

Eine Flasche Parfüm ist ausgelaufen und hat häßliche
braune Flecken hinterlassen.

Oh herrlicher Duft von anderswo! So riecht es hier
nicht; aber dort, anderswo, da riecht es noch immer so.

Ein dickes Bündel Postkarten. Das Gummi, von dem
sie zusammengehalten werden, platzt. Ich suche sie auf
dem Boden zusammen.

Manche Leute haben mit blaßblauer Tinte geschrieben, andere mit brauner, manche mit schwarzer, aber
die meisten mit blauer. Auf vielen sind die Briefmarken
abgerissen. Manche sind langweilig oder es sind Photographien, aber auf einigen sind die Umrisse mit metalli-
schen Kristallen gezeichnet – wie schön! –, silbern, gold,
rot und grün, oder alle vier gemischt, sie bröckeln ab
und setzen sich in den Linien meiner Handflächen fest.
Alle Karten in dieser Art breite ich auf dem Boden aus,
um sie genau zu studieren. Die Kristalle umreißen die
Gebäude auf den Karten so, wie die Umrisse von Ge-
bäuden sonst nie markiert sind, aber markiert sein sollten – wenn man die Kristalle nur zum Halten bringen
könnte. Wahrscheinlich geht es jedoch nicht; sie würden zu Boden fallen, und man würde sie nie mehr wie-
derfinden. Anstelle der Linien um die Gebäude sind
auf manchen Karten aus dem gleichen Material Worte
in den Himmel geschrieben; sie bröckeln und glitzern
und bröckeln und rieseln in winzigen Krümeln auf win-

zige Menschen herunter, die manchmal unter ihnen herumstehen: Pfingstbilder? Wie lautet die Botschaft? Ich kann es nicht sagen, aber die Krümel fallen auf die Flecken, die die Hände der Menschen andeuten, auf die Hüte, auf die Spitzen ihrer Schuhe, auf ihren Weg – wo immer sie gehen und stehen.

Postkarten kommen aus einer anderen Welt, aus der Welt der Großeltern, die Sachen schicken, aus der Welt des traurigen braunen Parfüms und des Morgens. (Die grauen Postkarten vom Dorf, die man im Dorfladen kaufen kann, sind so nichtssagend, daß sie kaum zählen. Man braucht ja nur einen Schritt vor die Tür zu tun, und schon sieht man dasselbe: das Dorf, in dem wir leben, in voller Größe und in Farbe.)

Zwei Kisten voller Porzellan. Weiß mit einem Goldstreifen. Scherben. Eine dicke weiße Teetasse mit einem kleinen rotblauen Schmetterling darauf, so begehrenswert, daß es weh tut. Eine Teetasse mit kleinen, blaßblauen Fensterchen darin.

»Siehst du die Reiskörner?« fragt meine Großmutter und hält die Tasse für mich gegen das Licht.

Ob man die Körner herausholen könnte? Nein, anscheinend sind sie nicht mehr wirklich da. Sie wurden da bloß für eine Zeit hineingetan, und dann haben sie irgend etwas hinterlassen. Was für seltsame Sachen die Menschen mit harmlosen, kleinen Reiskörnern machen! Meine Tante sagt, sie habe gehört, manche Leute würden das Vaterunser darauf schreiben. Und diese fahlblauen Fensterchen aus ihnen machen.

Noch mehr zerbrochenes Porzellan. Meine Großmutter sagt, es tue ihr in der Seele weh. »Warum konnten sie das denn nicht besser verpacken? Weiß der Himmel, was es wert ist.«

»Wo tun wir das alles bloß hin? Der Porzellanschrank ist dafür viel zu klein.«

»Es muß einfach in den Kisten bleiben.«

»Mutter, du könntest es genausogut benutzen.«

»*Nein*«, sagt meine Großmutter.

»Wo ist das Silber, Mutter?«

»Im Tresorgewölbe in Boston.«

Gewölbe. Schreckliches Wort. Ich fahre mit der Fingerspitze über die rauhen, juwelenbesetzten Linien auf den Postkarten, immer wieder. Die beiden zeigen sich Sachen, heben sie hoch, stoßen kleine Schreie aus und reden und stoßen Schreie aus, immer wieder.

»Da ist der Kuchenkorb.«

»Mrs. Miles…«

»Mrs. Miles' Biskuitkuchen…«

»Die mochte sie sehr gern.«

Noch eine Photographie – »Ach, dieses *Neger*mädchen! Diese Freundin.«

»Sie wollte Ärztin und Missionarin werden. Letzten Winter bekam sie einen Brief von ihr. Aus Afrika.«

»Sie waren sehr gut befreundet.«

Die beiden zeigen mir das Bild. Auch sie ist in Schwarzweiß gekleidet, mit einer Brille an einem Kettchen. Eine Morgenfreundin.

Und der Duft, der wunderbare Duft der dunkelbraunen Flecken. Nach Rosen?

Ein Tischtuch.

»Sie machte wunderbare Handarbeiten«, sagt meine Großmutter.

»Aber sieh mal – es ist nicht fertig.«

Zwei helle, glatte Holzreifen sind in dem Leinentuch ineinandergedrückt. Da ist ein Kästchen mit kleinen Stickwerkzeugen aus Elfenbein.

Ich mache mich mit einem fein zugespitzten Elfenbeinstäbchen aus dem Staub. Um es für immer aufzuheben, vergrabe ich es unter dem Flammenden Herz neben dem Holzapfelbaum, ich finde es aber nie mehr wieder.

Nate singt und drückt mit einer Hand den Blasebalg. Ich versuche zu helfen, aber in Wirklichkeit tut er, hinter mir stehend, die ganze Arbeit und lacht, wenn die Kohlen rot und unbändig aufglühen.

»Mach mir einen Ring! Mach mir einen Ring, Nate!«

Im Nu ist er gemacht; er gehört mir.

Er ist zu groß und noch heiß und blau und glänzend. Der Hufnagel hat einen flachen, rechteckigen Kopf, der sich heiß an meinen Fingerknöchel drückt.

Zwei Männer stehen da und passen auf, kauen oder spucken Tabak, Streichhölzer, Hufnägel – anscheinend alles, aber wie sie bei der Sache sind; sie kennen sich aus. Das Pferd jedoch ist der eigentliche Gast. Sein Geschirr hängt lose, wie die Hosenträger eines Mannes; sie sprechen freundlich zu ihm; eines seiner Beine wird hochgenommen und auf eine unwahrscheinlich zärtliche, zuvorkommende Art und Weise zurückgebogen, dann wird die Unterseite des Hufes abgeschabt, aber es scheint ihm nichts auszumachen. Auf einmal häuft sich Mist hinter ihm, sehr ordentlich. Auch das Pferd kennt sich aus. Es ist riesig. Sein Rumpf ist wie ein brauner, glänzender Globus, der die ganze Welt darstellt. Seine Ohren sind geheime Zugänge zur Unterwelt. Seine

Nase soll sich wie Samt anfühlen und tut es auch, und ihr Rosa ist übersät mit Tintenflecken unter Milch. Leuchtend hellgrüne Fetzen von getrocknetem Schaum, wie Glas, hängen um seinen Mund. Außerdem trägt es Medaillen auf der Brust und eine auf der Stirn und dazu einfacheren Schmuck – rote und blaue, einander überlappende Zelluloidringe auf Lederriemen. An jeder Schläfe hängt eine durchsichtige Glaskugel, wie ein Augapfel, aber drinnen sieht man die Köpfe von zwei anderen Pferden (seine Träume?), in leuchtenden Farben, wirklich und hoch oben, unberührbar leider, vor einem silberblauen Hintergrund. Es ist mit seinen Trophäen behängt, und die Duftwolke, die es umgibt, ist selbst ein Triumphwagen.

Am Ende werden alle vier Hufe mit Teer gebürstet und glänzen, und es drückt seine Zufriedenheit aus, läßt sie aus den Nüstern hervorquellen wie geräuschvollen Rauch, während es zwischen die Deichseln seines Wagens zurücktritt.

Das Purpurkleid soll heute nachmittag noch einmal anprobiert werden, aber ich bringe einen Zettel zu Miss Gurley, auf dem steht, daß die Anprobe verschoben werden muß. Miss Gurley macht einen bestürzten Eindruck.

»Oh je. Und wie geht es –« Dann bricht sie ab.

Überall in ihrem Haus liegen Stoffreste herum und Schnittmuster aus Seidenpapier, gelb, durchstochen, mit Löchern in den Formen von A, B, C und D darin und Zahlen; und überall Fäden, wie eine zarte Vegetation. Ihr Busen ist voller Nadeln, in die Garn eingefädelt ist. Sie kann sie herausziehen und Nester damit nähen. Und schlafen tut sie in ihrem Fingerhut. Früher lag ein graues Kätzchen auf dem Trittbrett ihrer Nähmaschine, und während sie nähte, wiegte sie es wie ein Baby in der Wiege, aber der Treibriemen hat es erwürgt. Oder hat sie sich das bloß ausgedacht? Doch jetzt liegt ein anderes, ein grauweißes, neben dem Arm der Maschine und schwebt ständig in Gefahr, zu einem Turban vernäht zu werden. Da steht ein Tisch, der bedeckt ist mit Bändern und Borten, Stickseide und Karten mit Knöpfen in allen Farben – großen für Wintermäntel, kleinen Perlen, kleinen gläsernen, die man wunderbar lutschen kann.

Das Kleid, das ich gerade anhabe, hat sie gemacht, »für fünfundzwanzig Cent«. Meine Großmutter sagte, darüber würde meine andere Großmutter bestimmt erstaunt sein.

Der Purpurstoff liegt auf einem Tisch; überall hängen lange weiße Fäden heraus. Oh, sieh weg, bevor er sich von selbst bewegt oder ein Geräusch macht; bevor das Echo zurückkehrt, das Echo von dem, was er gehört hat!

Seltsamerweise schenkt mir die arme Miss Gurley – ich weiß, daß sie arm ist – ein Fünf-Cent-Stück. Sie beugt sich herüber und läßt es in die Tasche des rotweißen Kleides fallen, das sie selbst genäht hat. Eine winzige, sehr blanke Münze. Der Bart von König Georg ist wie ein silbernes Flämmchen. Weil sie wie Herings- oder wie Lachsschuppen aussehen, nennt man die Fünf-Cent-Stücke auch »Fischschuppen«. Man hat schon gehört, daß Leute Ringe in Fischen wiedergefunden haben oder verlorengegangene Klappmesser. Wie wäre es, wenn man einen Lachs abschaben würde und auf jeder Schuppe ein kleines Bildnis von König Georg fände?

Zur Sicherheit nahm ich mein Fünf-Cent-Stück auf dem Heimweg in den Mund, aber dann verschluckte ich es. Monate später ist es, soviel ich weiß, noch immer in mir, und sein ganzes wertvolles Metall verwandelt sich in meine wachsenden Zähne und mein länger werdendes Haar.

Als ich wieder zu Hause bin, darf ich nicht nach oben. Ich höre meine Tanten hin- und herlaufen, und etwas wie eine blecherne Waschschüssel fällt polternd auf den mit Teppich ausgelegten Boden im oberen Flur.

Meine Großmutter sitzt in der Küche und weint in den Kartoffelbrei hinein, den sie für das Brot anrührt, das morgen gebacken werden soll. Sie gibt mir einen Löffel voll, und es schmeckt wunderbar, aber dennoch verkehrt. Es kommt mir vor, als würde ich darin die Tränen meiner Großmutter schmecken; dann küsse ich sie und schmecke die Tränen auf ihrer Wange.

Sie sagt, es sei Zeit für sie, sie müsse sich jetzt fertig machen, und ich sage, ich wolle ihr beim Bürsten der Haare helfen. Das tue ich auch, auf der unteren Sprosse an der Rückseite ihres Schaukelstuhls wippend.

Der Schaukelstuhl ist so oft gestrichen worden, daß er sich ganz sahnig glatt anfühlt – blau, weiß und grau, alles scheint durch. Das Haar meiner Großmutter ist silbern, und sie hat hinten und auf den Seiten eine Menge Zelluloidkämme stecken; sie sind, passend zur Haarfarbe, grau und silbern geädert. Der hintere Kamm hat längere Zinken als die anderen, und oben, unter einer Reihe von kleinen Kugeln, sind Silberpunkte eingelassen. Ich tue so, als würde ich eine Melodie darauf spielen; dann spiele ich, bevor wir sie wieder einstecken, auch auf allen anderen, so ist das Haar meiner Großmutter voller Musik. Sie lacht. Ich bin mit mir so zufrieden, daß ich mich nicht verpflichtet fühle, das Fünf-Cent-Stück zu erwähnen. Ich trinke einen rostigen, eisigen Schluck aus dem größten Schöpflöffel; es passiert noch immer nichts.

Wir warten auf einen Schrei. Aber er wird nicht noch einmal geschrien, und die rote Sonne geht in der Stille unter.

Jeden Morgen bringe ich die Kuh auf die Weide, die wir von Mr. Chisolm gepachtet haben. Nelly könnte wahrscheinlich ebensogut allein dorthin gehen, aber mir macht es Spaß, mit einem großen Stock durch das Dorf zu laufen und sie zu führen.

Der Morgen ist strahlend und kühl. Meine Großmutter und ich, wir sind allein in der Küche. Wir unterhalten uns. Sie sagt, es sei so kühl, daß man den Ofen brennen lassen könne, zum Brotbacken und um eine Lammkeule zu schmoren.

»Denkst du daran, am Bach vorbeizugehen? Nimm Nelly mit zum Bach und pflück mir einen großen Strauß Minze. Ich glaube, ich mache eine Minzsoße.«

»Für die Lammkeule?«

»Mach, daß du mit deinem Porridge fertig wirst.«

»Ich glaube, ich habe genug jetzt…«

»Los, iß den Porridge auf.«

Auf der Treppe wird gesprochen.

»Nein, warte mal«, sagt meine Großmutter zu mir. »Einen Moment.«

Meine beiden Tanten kommen in die Küche. Sie ist bei ihnen, sie trägt das weiße Baumwollkleid mit den

schwarzen Punkten und der schmalen schwarzen Samtschleife am Hals. Sie kommt und füttert mich mit dem
Rest des Porridge und lächelt mir zu.

»Jetzt steh auf und laß mal sehen, wie groß du bist«,
sagt sie zu mir.

»Fast bis zu deinem Ellbogen«, sagen sie. »Da siehst
du, wie sie gewachsen ist.«

»Fast.«

»Es ist ihr Haar.«

Hände liegen auf meinem Kopf, drücken mich nach
unten; ich ducke mich unter ihnen weg. Nelly wartet im
Hof auf mich, ihr Maul hat sie weit in den Wassertrog
getaucht. Mein Stock mit seiner Rindenhaut lehnt im
Türrahmen.

Nelly blickt zu mir auf, Glasfäden sabbernd. Völlig ausdruckslos biegt sie um die Ecke des Hauses und macht
sich auf den Weg.

Zitsch. Zitsch. Sie schlägt mit dem Schwanz. Wie langweilig sie ist!

Aber sie ist eine Jersey-Kuh, und wir finden, daß sie
sehr hübsch aussieht. »Von vorne«, fügen meine Tanten
manchmal hinzu.

Sie bleibt stehen, um sich etwas von dem langen, un-
geschnittenen Gras am Torpfosten zu nehmen.

»Nelly!«

Peng! Ich schlage ihr auf die Hüfte.

Weiter geht es, sie sieht sich nicht einmal um. Tock,
tock, den Weg zur Straße hinunter, über den Dorfanger
vor der presbyterianischen Kirche. Vom Tau ist das
Gras ganz grau; die Kirche blendet. Mit hochgezogenen

Schultern und in sich gekehrt steht sie da; ein bißchen lehnt sie sich zurück.

Weiter vorn wird die Straße von dunklen, schlanken, alten Ulmen gesäumt; das Gras wächst lang und blau in den Gräben. Hinter den Ulmen erstrecken sich die Wiesen, friedlich, grünlich.

Wir kommen an Mrs. Peppards Haus vorbei. Wir kommen an Mrs. McNeils Haus vorbei. Wir kommen an Mrs. Geddes' Haus vorbei. Wir kommen an Hills Laden vorbei.

Der Laden ist hoch, ein verblaßtes Graublau, mit großen Fenstern, er steht auf einem langen, hohen, graublauen Zementsockel, davor ein Eisengeländer zum Anbinden von Pferden und Wagen. Heute sind in einem der Fenster große Dekorationen aus Pappkarton zu sehen – komplette Häuser und Häuser, bei denen das Dach abgenommen ist, damit man in die Zimmer hineinsehen kann, alle in verschiedenen Farben – und dazwischen in der Mitte Pyramiden von Farbdosen. Aber die sind schon ein alter Hut. In dem anderen Fenster ist etwas Neues: Schuhe, Einzelschuhe, Sommerschuhe, jeder steht auf seiner eigenen Schachtel, unter sich – in der dunklen Kiste – das Gegenstück. Merkwürdigerweise sehen einige von ihnen in Farbe und Oberflächenbeschaffenheit genauso aus wie rosa und blaue Tafelkreide, aber ich kann jetzt nicht stehenbleiben, um sie mir genauer anzusehen. An einer Tür hängen hoch in der Luft Overalls an Kleiderbügeln. Aus der anderen Tür sieht Miss Ruth Hill heraus und winkt. Wir kommen an Mrs. Captain Mahons Haus vorbei.

Ein Ruck geht durch Nelly, sie fängt an, schneller zu gehen, und schwenkt nach rechts hinüber. Jeden Morgen und jeden Abend spielt sich das gleiche ab. Wir nähern uns dem Haus von Miss Spencer. Miss Spencer ist die Hutmacherin, so wie Miss Gurley die Schneiderin ist. Sie hat ein sehr kleines weißes Haus, dessen Schwelle direkt an den Gehweg stößt. In dem einen Vorderfenster hängen Spitzengardinen, und dahinter ist eine blaßgelbe Jalousie ganz heruntergezogen; in das andere ist ein Bord eingesetzt, auf dem vier Sommerhüte ausgestellt sind. Aus dem Augenwinkel kann ich erkennen, daß ein gelber Strohhut dabei ist, oben mit kleinen Büscheln von flamingoroten Federn, aber auch diesmal ist keine Zeit, irgend etwas genauer anzusehen.

Auf beiden Seiten von Miss Spencers Haustür stehen große alte Fliederbüsche. Jedesmal, wenn wir vorbeikommen, beschließt Nelly, alle ihre Fliegen an diesen Büschen abzustreifen – ein für allemal und mit einem Schlag. Dann kommt Miss Spencer meistens an die Tür und steht zitternd vor Zorn da, zwischen den beiden von Nellys schwankendem Vorbeimarsch ebenfalls noch zitternden Büschen, und schreit hinter mir her, manchmal wedelt sie auch mit einem Hut in meine Richtung.

Nelly steuert nach rechts und fällt in Kuhtrab. Mit meinem Stock hole ich sie wieder ein.

Peng!

»Nelly!«

Peng!

Ausnahmsweise gibt sie diesmal nach, und wir kommen vorbei, ohne daß etwas passiert.

Dann folgt ein langes, angenehmes Wegstück unter den Ulmen. Das presbyterianische Pfarrhaus hat einen schwarzen Eisenzaun mit hohen viereckigen Pfosten, die durchbrochen sind und aussehen wie schlanke, schmale Vogelkäfige, Käfige für Störche. Gerade als wir uns nähern, taucht Dr. Gillespie, der Geistliche, auf und kommt uns auf seinem Fahrrad langsam entgegen.

»Guten Tag.« Er tippt sogar an den Hut.

»Guten Tag.«

Er trägt den interessantesten Hut im ganzen Dorf: einen gewöhnlichen steifen Matrosenstrohhut für Männer, bloß daß er schwarz ist. Ist es denn möglich, daß er ihn zu Hause mit einer Art Ofenglanz färbt? Einmal habe ich nämlich gesehen, wie eine meiner Tanten einen strohfarbenen Hut dunkelblau färbte.

Nelly vergißt sich und läßt etwas fallen. Platsch. Platsch. Platsch. Platsch.

Es ist faszinierend. Wie gebannt schaue ich ihr zu. Dann trete ich näher: schön dunkelgrün und zartgemustert und wäßrig an den Rändern.

Wir kommen bei den McLeans vorbei, die ich gut kenne. Mr. McLean kommt gerade aus seiner neuen Scheune mit dem blechgedeckten Walmdach, und bei ihm ist Jock, ihr alter Schäferhund, langhaarig, schwarz und weiß und gelb. Er rennt los und schickt ein dunkles, gebrochenes, sanftes Gebell in den stillen Morgen. Ich zögere.

Mr. McLean brüllt: »Jock! He, hierher! Willst du ihr etwa Angst einjagen?«

Zu mir sagt er: »Der ist doppelt so alt wie du.«

Schließlich tätschele ich den großen, runden, warmen Kopf.

Wir unterhalten uns ein bißchen. Ich frage, wieviel Jahre Jock alt ist, aber Mr. McLean hat die genaue Zahl vergessen.

»Er hat kaum noch Zähne im Maul und leidet an Rheuma. Hoffentlich bekommen wir ihn durch den nächsten Winter. Er will noch immer mit in den Wald, aber im Schnee wird es für ihn schwer. Wir wären arm dran ohne ihn.«

Mr. McLean spricht hinter vorgehaltener Hand, um Jocks Gefühle nicht zu verletzen: »*Stocktaub.*«

Wie ein Tauber legt Jock den Kopf zur Seite.

»Früher war er meilenweit der beste Hund beim Kühesuchen. Von der ganzen Küste hinunter kamen die Leute und liehen ihn aus, damit er ihre Kühe für sie suchte. Und er fand sie immer. Im ersten Jahr, als wir in den Berg gingen und ihn zu Hause lassen mußten, dachte ich, er überlebt es nicht. Aber als ihm die Zähne so nach und nach ausgingen, konnte er bei den Kühen nicht mehr viel ausrichten. Effie sagte immer: ›Ich weiß gar nicht, wie wir auf dem Hof ohne ihn zurechtkommen sollen.‹«

Unter der Last von zuviel schwarzem und gelbem und weißem Pelz lächelt Jock und zeigt, wie wenig Zähne er noch hat. Seine Augenbrauen sind gelbe Raupen.

Nelly ist weitergegangen. Sie ist schon fast den Berg zu den Chisolms hinauf, als ich sie einhole. Wir biegen in die lange, steile Zufahrt ein, dann durch einen steil ansteigenden, kahlen Garten mit unglücklichen Apfelbäumen. Aber oben, am Garten hinter dem Haus der Chisolms, bleibt man jedesmal stehen, um den Ausblick zu genießen.

Da sieht man die Wipfel aller Ulmen im Dorf und dahinter das weite, grüne Marschland, so neu, so salzig. Dann die weite Bucht des Minas Basin mit Ebbe oder

Flut in halber Höhe, der rote, nasse Schlick mit Himmelblau glasiert, bis dort, wo er an das kriechende, lavendelrote Wasser stößt. Mitten im Blickfeld, wie ein Uhrzeiger, der senkrecht nach oben zeigt, steht der Turm der presbyterianischen Kirche. Wir gehören zu den »Maritimen Provinzen«, aber das bedeutet eigentlich nur: Wir leben am Meer.

Mrs. Chisolms verbissenes Gesicht sieht mir aus dem Küchenfenster zu, sie spült gerade das Frühstücksgeschirr. Wir winken uns zu, aber ich gehe hastig weiter, denn sie könnte herauskommen und mir Fragen stellen. Dabei sind ihre Fragen vielleicht noch weniger schlimm als die von ihrem Mann, Mr. Chisolm, der einen Bart hat. Eines Abends kam er zu mir auf die Weide und fragte mich, wie es meiner Seele gehe. Dann hielt er mich mit beiden Händen ganz fest und sprach mit gesenktem Kopf ein Gebet, gleich neben der wiederkäuenden Nelly. Auf dem ganzen Heimweg spürte ich schwer in der Brust eine Seele.

Ich lasse Nelly durch den Zaun auf die Weide, an der der Bach ist, wo ich die Minze holen soll. Wir trinken beide, und ich pflücke einen großen Strauß, ich esse ein bißchen davon, sie schmeckt kratzend und kräftig. Nelly blickt über die Schulter zu mir herüber und kommt zurück, um zu probieren. Wie alle Kühe glaubt sie, es sei etwas extra für sie. Ihr Gesicht ist nahe an meinem, und ich packe sie an einem Horn, um wieder einmal ihre Augen zu bewundern. Ihre Nase ist blau und glänzt wie etwas, das im Regen steht. Wenn sie mir so nahe kommt, sind meine Gefühle für sie gemischt. Sie leckt meinen nackten Arm, ebenfalls kratzend und kräftig, und stößt mich dabei fast in den Bach; dann geht sie los, um sich zu einer schwarzweißen Freundin zu gesellen, die sie hier hat; sie muht ihr zu, sie möge auf sie warten.

Eine Zeitlang spiele ich mit dem Gedanken, heute gar nicht nach Hause zu gehen, den ganzen Tag hier auf der sicheren Weide zu bleiben, am Bach zu spielen und auf den glitschigen, moosbedeckten Hügeln in dem sumpfigen Teil herumzuklettern. Doch plötzlich steht eine gewaltige, glitzernde, zischende Einsamkeit vor mir, und die Kühe streben dem Schatten unter den Fichten zu, ihre Glocken läuten sanft, jede für sich.

Auf dem Heimweg gibt es die vier Hüte in Miss Spencers Fenster anzusehen und die Sommerschuhe in dem von Hills. Es ist immer der gleiche Schuh in Weiß, in schwarzem Lackleder und in den kreidigen, zuckrig überirdischen Rosa- und Blautönen. Er hat Riemen, die man um den Knöchel und weiter oben knöpft, vier Riemen, zwei Zentimeter breit und zwei Zentimeter voneinander entfernt, und sie reichen ziemlich weit hinauf.

In den unschönen roten und grünen Büchern mit Goldschnitt voller Illustrationen zur biblischen Geschichte tragen auch die römischen Centurios solche Schuhe oder jedenfalls sehr ähnliche.

Bestimmt haben die Schuhe meine Größe. Bestimmt kauft mir meine Großmutter in diesem Sommer, rosa oder blau, ein Paar!

Miss Ruth Hill schenkt mir ein Stück Moirs Schokolade aus dem Glas. Sie redet mit mir: »Wie geht es ihr? Wir waren immer befreundet. Schon als kleine Kinder haben wir zusammen gespielt. In der Schule saßen wir nebeneinander. Von der ersten Klasse an. Als sie fort war, hat sie mir immer geschrieben – sogar nachdem sie das erste Mal krank geworden war.«

Dann erzählt sie mir eine lustige Geschichte aus der Zeit, als sie klein waren.

An diesem Nachmittag kommt Miss Gurley, und wir gehen nach oben, um zuzusehen, wie das Purpurkleid noch einmal anprobiert wird. Meine Großmutter hält mich an ihre Knie gedrückt. Meine jüngere Tante hilft Miss Gurley, reicht ihr die Schere, wenn sie darum bittet. Miss Gurley ist heute munter und gesprächig.

Das Kleid ist jetzt enger; schmale, gleichmäßige Falten fallen von der Taille herab; die Ärmel sind schmaler und sitzen gut, über den schmalen weißen Händen sind sie angekraust. Alle sind sehr zufrieden damit; alle reden und lachen.

»Na, siehst du? Es steht dir so gut.«

»Ich wüßte nicht, daß dir jemals etwas so gut gestanden hat.«

»Und es ist schön, dich in Farbe zu sehen, das ist mal etwas anderes.«

Und das Purpur ist wirklich, wie eine Blume vor der golden-weißen Tapete.

Auf der Kommode liegt ein Geschenk, das eben von einem Onkel in Boston gekommen ist, an den ich mich nicht erinnern kann. Es ist ein schimmerndes kleines Bündel von flachen, dreieckigen Satinkissen – Sachets, die von einem weißen Satinband zusammengehalten werden, auf der Schleife eine künstliche Rosenknospe. Jedes hat eine andere zarte Farbe; und wenn man sie auseinandernimmt, hat jedes seinen besonderen schwachen Duft. Aber zusammengeschnürt, wie sie kamen, verströmen sie einen einzigen wirren, staubigen Geruch.

Der Spiegel ist von der Kommode heruntergehoben und an die Wand gelehnt worden.

Sie geht langsam auf und ab und betrachtet darin den Rock.

»Ich glaube, so stimmt es ungefähr«, sagt Miss Gurley, die am Boden kniet und ebenfalls in den Spiegel sieht, aber so, als wäre der Rock meilenweit entfernt.

Doch sie, mit ihren schmalen weißen Händen an dem purpurnen Rock zupfend, sagt verzweifelt: »Ich weiß nicht mehr, was man heute trägt. Ich habe keine *Ahnung*!« Und dann weint sie.

»Na, na«, sagt Miss Gurley tröstend. »Ich glaube wirklich, so geht es wohl. Finden Sie nicht?« Sie appelliert an meine Großmutter und mich.

Helle, musikalische, beharrliche Laute kommen aus Nates Werkstatt. Es klingt, als mache er gerade ein Felgenband.

Sie blickt in den Spiegel und dreht sich zu mir um: »Hör auf, am Daumen zu lutschen!«

Einen Augenblick später dreht sie sich noch einmal zu mir um und fragt: »Weißt du, was ich gern hätte?«

»Nein.«

»Ich hätte gern ein paar Humbugs. Ich hätte so schrecklich gern ein paar Humbugs. Ich glaube, ich habe seit Jahren und Jahrzehnten keine Humbugs mehr gelutscht. Wenn ich dir ein paar Pennys gebe, gehst du dann zu Mealy und kaufst mir eine Tüte?«

Zu einer Besorgung losgeschickt werden! Alles ist in Ordnung.

Humbugs sind eine Art von Bonbons, ich mag sie allerdings nicht besonders. Sie sind braun wie Bachwasser, aber hart und haben die Form von kleinen verdrehten Kissen. Sie halten lange, aber es fehlt ihnen das Spucke produzierende Spritzige von Kirsch- oder Erdbeerbonbons.

Mealy hat einen kleinen Laden, wo sie Süßigkeiten und Bananen und Apfelsinen und alle möglichen Sachen verkauft, die sie selbst häkelt. Zu Weihnachten verkauft sie auch Spielzeug, aber nur zu Weihnachten. Ihr richtiger Name ist Amelia. Sie besorgt auch die Telephonvermittlung für das Dorf, von ihrem Eßzimmer aus.

Jemand findet ein schwarzes Portemonnaie in der Kommode. Sie zählt mir eine Säule von fünf großen Pennys in die Hand, und einen zusätzlich.

»Der ist für dich. Damit du mir auf dem Rückweg nicht all meine Humbugs aufißt.«

Weitere Anweisungen:

»Renne nicht den ganzen Weg.«

»Bleib nicht auf der Brücke stehen.«

Ich renne trotzdem, an Nates Werkstatt vorbei, ich erkenne ihn da drinnen, mit einer Hand pumpt er am Blasebalg. Wir winken. Der schöne große Neufundländer ist wieder da, er kommt heraus und springt eine Strecke weit neben mir her.

Auf der Brücke bleibe ich nicht stehen, aber ich gehe langsamer, um die Jahreszahlen auf den Pennys zu lesen. König Georg ist viel größer als auf einem Fünf-Cent-Stück, braun wie ein Indianer, in Kupfer, aber er trägt dieselben Sachen; auf einem Penny kann man winzigklein den Hermelinbesatz an seinem Mantel erkennen.

Bei Mealy gibt es eine Klingel, die läutet, sobald man eintritt, damit sie einen hört, wenn sie am Vermittlungskasten sitzt. Zum Laden geht es eine Stufe hinunter, hier ist es dunkel, an einer Seite steht die Theke. Die Decke ist niedrig, und der Boden hat sich zur Theke hin etwas gesenkt. Mealy ist breit und dick, und es sieht aus, als würden sie und die Theke und der mit allen möglichen Sachen vollgestopfte Schaukasten immer weiter absacken und schließlich versinken.

Für fünf Penny bekommt man eine Menge Humbugs. Ich darf mir für die Entscheidung, was ich selbst haben möchte, nicht zuviel Zeit nehmen. Ich muß schnell zurück, schnell, solange Miss Gurley noch da ist und alle oben sind und sie das Kleid noch anhat. Ohne lange nachzudenken, zeige ich rasch auf das glänzendste Ding. Es ist eine Kugel, deren rosa und gelbe Zuckerkristalle heftig glitzern und die unpraktischerweise an einem Gummi hängt, wie ein richtiger Hüpfball. Ich weiß, daß ich mir aus dem weichen Inneren nicht sonderlich viel mache, aber ich wickele mir das größte Stück des Gummibandes um den Arm, damit die Kugel wenigstens nicht den Boden berührt, und mache mich hoffnungsfroh auf den Rückweg.

Aber einmal, mitten in der Nacht, bricht ein Feuer aus. Die Kirchenglocke weckt mich. Es ist bei mir im Zimmer; rote Flammen verbrennen die Tapete neben meinem Bett. Ich glaube, ich schreie.

Die Tür geht auf. Meine jüngere Tante kommt herein. Im Flur brennt eine Lampe, und alle reden durcheinander.

»Hör auf zu weinen!« Meine Tante schreit mich fast

an. »Es ist bloß ein Brand. Weiter oben an der Straße. Dir passiert nichts. Hör auf zu *weinen!*«

»Will! Will!« Meine Großmutter ruft nach meinem Großvater. »Mußt du hin?«

»Nein, geh nicht, Dad!«

»Sieht aus, als wär es bei McLean.« Die Stimme meines Großvaters klingt gedämpft.

»Oh, nicht ihre neue Scheune!« Meine Großmutter.

»Von hier aus kann man es nicht erkennen.« Er muß seinen Kopf zum Fenster hinausgesteckt haben.

»*Sie* ruft nach dir, Mutter.« Meine ältere Tante: »Ich gehe.«

»Nein, *ich* gehe.« Meine jüngere Tante.

»Mach die andere Lampe an, Mädchen.«

Meine ältere Tante kommt an meine Tür. »Es ist weit weg. Es ist nicht hier in der Nähe. Die Männer werden das erledigen. Schlaf du jetzt.« Aber sie läßt meine Tür offen.

»Laß ihre Tür offen«, ruft meine Großmutter genau in diesem Moment. »Oh, warum müssen die bloß so läuten? Da bekommt es ja jeder mit der Angst zu tun. Will, sei *vorsichtig*.«

Im Bett sitzend, sehe ich, wie mein Großvater die Treppe hinunterhastet und sich im Gehen das Nachthemd in die Hose stopft.

»Mach nicht solchen Lärm!« Meine ältere Tante und meine Großmutter scheinen sich zu streiten.

»Lärm! Ich verstehe meine eigenen Gedanken nicht bei diesem Geläute!«

»Ich wette, da läutet Spurgeon!« Beide lachen.

»Es muß ein Wetterleuchten gewesen sein«, sagt meine Großmutter, jetzt wohl wieder in ihrem Schlafzimmer, als ob alles vorüber wäre.

»Es geht ihr gut, Mutter.« Meine jüngere Tante kommt zurück. »Ich glaube, sie hat keine Angst. Auf dieser Seite des Hauses sieht man den Feuerschein nicht so.«

Dann kommt meine jüngere Tante in mein Zimmer und legt sich zu mir ins Bett. Sie sagt, ich solle schlafen, es sei weiter oben an der Straße. Die Männer müssen hin; mein Großvater ist fort. Wahrscheinlich ist es eine Scheune voller Heu. Der Sommer war so heiß, und es gab viel Heu. Die Kirchenglocke hält inne, und plötzlich ist *ihre* Stimme in meinem Ohr über der Schulter ganz laut. Das letzte Echo der Glocke hallt lange nach.

Wagen rattern vorbei.

»Jetzt fahren sie zum Fluß hinunter, um die Fässer zu füllen«, murmelt meine Tante gegen meinen Rücken.

Die rote Flamme an der Wand erlischt, flackert wieder auf.

Wagen rattern im Dunkeln vorbei. Männer fluchen über die Pferde.

»Jetzt kommen sie mit dem Wasser zurück. Schlaf nur.«

Noch mehr Wagen; Männerstimmen. Ich glaube, ich schlafe ein.

Ich wache auf, in derselben Nacht, der Nacht des Feuers. Meine Tante steigt aus dem Bett, stürzt davon. Es ist immer noch dunkel und still jetzt, nach dem Brand. Nein, nicht still; irgendwo weint meine Großmutter, nicht in ihrem Zimmer. Draußen wird es grau. In der Ferne höre ich einen Wagen rumpeln, vielleicht fährt er über die Brücke.

Aber jetzt stecke ich in einem Gewirr von Stimmen,

denen von meinen Tanten und von meiner Großmutter, sie sagen immer wieder das gleiche, manchmal laut, manchmal flüsternd:

»Beeil dich. Um Himmels willen, *mach die Tür zu!*«

»Pst!«

»Oh, das kann so nicht weitergehen, wir...«

»Es ist zu gefährlich. Denk doch an...«

»Pst! Laß sie nicht...«

Eine Tür schlägt zu.

Eine Tür öffnet sich. Wieder setzen die Stimmen ein.

Mit aller Kraft versuche ich mich freizumachen.

Warte. Warte. Niemand schreit da.

Langsam, langsam wird es hell. Ein anderes Rot rötet die Tapete. Jetzt ist das Haus still. Ich stehe auf, ziehe mich an und gehe hinunter. Mein Großvater sitzt allein in der Küche und trinkt seinen Tee. Die Hafergrütze hat er sich auch selbst gemacht. Er gibt mir etwas davon und erzählt sehr munter von dem Brand.

Es war am Ende doch nicht die neue Scheune der McLeans gewesen, sondern die von jemand anderem, abseits der Straße. Das ganze Heu ging verloren, aber irgendwie ist es ihnen gelungen, einen Teil der Scheune zu retten.

Doch eigentlich hört keiner von uns auf das, was er sagt; wir lauschen auf Geräusche von oben. Aber alles ist ruhig.

Auf dem Heimweg, nachdem ich Nelly auf die Weide gebracht habe, sehe ich mir an, wo die Scheune war. Es stehen immer noch Leute herum, auch einige von den Männern, die nachts aufgestanden sind, um zum Fluß zu fahren. Auch sie machen alle einen munteren Eindruck, aber der Geruch nach verbranntem Heu ist schrecklich, ekelerregend.

Das vordere Schlafzimmer ist jetzt leer. Meine ältere Tante ist nach Boston zurückgekehrt, und meine andere Tante plant, demnächst ebenfalls dorthin zu fahren.

Wir haben ein neues Schwein bekommen. Anfangs war es sehr niedlich, es rutschte auf dem Linoleum in der Küche aus, und alle lachten. Es wurde dicker und dicker. Vielleicht ist es noch im selben Sommer, denn es ist ungewöhnlich heiß, und dem Schwein passiert etwas, das bei Schweinen ungewöhnlich ist: es bekommt Sonnenbrand. Es bekommt einen richtigen, knallroten Sonnenbrand, aber das merkwürdigste ist, die gekräuselte Spitze seines Schwanzes ist so stark verbrannt, daß sie braun und ganz verschmort aussieht. Meine Großmutter beschneidet sie mit der Schere, und es tut ihm nicht weh.

Einige Zeit später wird das Schwein geschlachtet. Meine Großmutter, meine Tante und ich, wir schließen uns im Salon ein. Meine Tante spielt ein Stück auf dem Klavier, es heißt »Draußen auf den Feldern«. Sie spielt es immer wieder; dann wechselt sie zu Mendelssohn-Bartholdys »Kriegsmarsch der Priester«.

Das vordere Zimmer ist leer. Niemand schläft dort. Kleider hängen dort.

Jede Woche schickt meine Großmutter ein Paket ab. Sie legt Kuchen und Obst hinein, ein Glas Eingemachtes. Moirs Schokolade.

Montagnachmittag, jede Woche.

Obst, Kuchen, Jordans Mandeln, ein Taschentuch mit einem Saum in Schiffchenspitze.

Obst, Kuchen. Walderdbeermarmelade. Ein Neues Testament.

Ein Fläschchen Parfüm aus Hills Laden, an den Stöpsel ist eine purpurrote Seidenquaste gebunden.

Obst. Kuchen. »Tennyson in Auswahl«.

Ein Kalender mit Longfellow-Zitaten, für jeden Tag eines.

Obst. Kuchen. Moirs Schokolade.

Ich sehe zu, wie sie in der Speisekammer packt. Manchmal schickt sie mich zum Laden, wo ich in letzter Minute noch etwas kaufen soll.

Die Adresse des Sanatoriums steht in der Handschrift meiner Großmutter, mit unauslöschlichem purpurfarbenem Stift geschrieben, auf glattgestrichenem Packpapier. Sie geht nie mehr herunter.

Ich trage das Paket zum Postamt. Wenn ich bei Nate vorbeikomme, gehe ich auf die andere Seite der Straße und nehme das Paket auf die ihm abgewandte Seite.

Er ruft mir etwas zu. »Komm her! Ich zeig dir was.«

Aber ich tue so, als würde ich ihn nicht hören. Sonst jedoch gehe ich noch genauso zu ihm wie früher.

Das Postamt ist sehr klein. Es steht an der Straße wie ein Paket, das die Post irgendwann mal dort abgestellt hat. Die Regierung hat seine Schindeln gelbbraun gestrichen, mit roten Zierleisten. Der Boden vor dem Eingang ist hart getreten. Die Vorderfront ist vernarbt und vollgekritzelt, Buchstaben sind eingeritzt. Abends, bevor die Post der Canadian Pacific da ist, lehnt dort eine ganze Reihe großer Jungen, aber tagsüber ist nichts zu befürchten. Niemand steht davor, und drinnen ist es leer. Außer dem Postmeister, Mr. Johnson, ist keiner da, der die purpurne Handschrift meiner Großmutter sehen könnte.

Das Postamt neigt sich ein bißchen, genau wie Mealys

Laden, und drinnen sieht alles so angekaut aus wie eine Pferdekrippe. Wie ein Tier, das von seiner Futterkrippe aufblickt, sieht Mr. Johnson durch das kleine Fenster in der Fächerwand. Aber die Fächer aus dickem facettierten Glas mit ihren feierlich aufrechten, gold und schwarz getönten Zahlen verleihen ihm ein würdiges Aussehen.

Unseres ist 21. Obwohl nichts darin ist, wirft Mr. Johnson automatisch einen raschen Blick hinein, als er mich sieht.

21.

»Na. Da wären wir ja wieder. Guten Tag, guten Tag«, sagt er.

»Guten Tag, Mr. Johnson.«

Ich muß noch einmal hinausgehen und ihm das Paket durch das gewöhnliche Fenster in seinen Teil des Postamtes reichen, weil es für das kleine offizielle Fenster zu groß ist. Er ist sehr alt und nett. An der rechten Hand fehlen ihm zwei Finger, mit denen er in eine Dreschmaschine geraten ist. Er trägt eine marineblaue Mütze mit einem schwarzen Lederschirm, wie ein Schiffsoffizier, ein Hemd mit blaßbraunen Streifen und einen großen goldenen Kragenknopf.

»Mal sehen. Mal sehen. Mal sehen. Hm«, sagt er vor sich hin, während er das Paket wiegt und das Gewicht am Waagebalken mit den zwei übriggebliebenen Fingern und dem Daumen hin- und herschiebt.

»Ja. Ja. Deine Großmutter ist sehr gewissenhaft.«

Jeden Montagnachmittag gehe ich mit dem Paket unter dem Arm an der Hufschmiede vorbei und verdecke die Adresse des Sanatoriums mit dem Arm und der anderen Hand.

Auf der Brücke bleibe ich stehen und schaue hinunter in den Fluß. Alle kleinen Forellen, die – wie lange jetzt schon? – zu schlau waren, sich fangen zu lassen, sind dort unten und machen Seitwärtsbewegungen, komische Ausfälle gegen den alten versunkenen Kotflügel von Malcolm McNeils Ford oder ziehen sich plötzlich von ihm zurück. Er liegt schon seit Ewigkeiten dort, und angeblich ist er eine Schande für uns alle. Ebenso die Blechdosen, die dort braun und golden schimmern.

Von oben sehen die Forellen so durchsichtig aus wie das Wasser, aber wenn man eine finge, wäre sie ziemlich undurchsichtig, mit einem kleinen mondweißen Bauch und einem Paar winziger, plissierter zartrosa Flossen. Die schiefstehenden Weiden tauchen ihre schmalen gelblichen Blätter ins Wasser.

Bing.

Bing.

Nate paßt ein Hufeisen an.

Oh herrlicher, reiner Klang!

Er bringt alles andere zum Schweigen.

Nur der Fluß gibt hin und wieder noch ein unerwartetes Gurgeln von sich. »*Slp*«, sagt er aus spiegelglatten, braun umwallten Wirbeln, die an seiner Oberfläche gleiten.

Bing.

Und alles, außer dem Fluß, hält den Atem an.

Jetzt ist kein Schrei da. Es war einmal einer da, und er sank an diesem heißen Sommernachmittag langsam zur Erde; oder schwebte er hinauf in diesen dunkeln, allzu dunkelblauen Himmel? Jedenfalls ist er verschwunden, für immer.

Es klingt wie eine Glockenboje draußen auf See.

Jetzt sprechen die Elemente: Erde, Luft , Feuer, Wasser.

All die anderen Dinge – Kleider, krümelnde Postkarten, zerbrochenes Porzellan; beschädigte und verlorengegangene und zerstörte Dinge, Dinge, deren man überdrüssig geworden ist; auch der schwache, fast verlorene Schrei – sind sie zu leise, so daß wir ihre Stimme nicht lange hören können, zu sterblich?

Nate!

Oh herrlicher Klang, schlag wieder zu!

1953

Erinnerungen an Onkel Neddy

ES REGNET IN RIO DE JANEIRO, regnet, regnet, regnet. Heute morgen stand in der Zeitung, seit sechsundsiebzig Jahren habe es keine so regnerische Regenzeit mehr gegeben. Außerdem ist es schwül. Das Meer – ich schreibe in einer Penthouse-Wohnung im elften Stock, die nach Südosten aufs Meer hinausgeht – das Meer verschwimmt im Regen, fast verschwindet es in dem Gemisch aus Regen und Nebel, das hier eine Seltenheit ist. So nah der Küste, daß er gerade noch sichtbar ist, schiebt sich ein anscheinend unbeladener Frachter schwer stampfend nach Süden. Das Mosaik der Gehwege zerfließt; der Strand ist dunkel, naß, flachgeklopft; die Wasserlinie wird von dunklen Seetangzöpfen markiert, auch die eine Seltenheit. Und wie es regnet! Unter den Glastüren und an den Fensterrahmen sickert es herein. Hin und wieder dringt auch ein schwacher Luftstoß nach innen und mit ihm Modergeruch: nach irgend etwas Verdorbenem, Obst oder Fleisch. Vielleicht ist der Hauch von Schimmel meinen alten Büchern und den alten Zeitungen entstiegen oder auch dem Hemd, das ich anhabe, denn bei diesem Wetter schimmeln sogar Kleider schnell. Wenn es noch lange weiterregnet, wird das Radio wieder kaputtgehen, und die Stereoanlage wird so verrosten, daß man sie nicht mehr reparieren kann. Bei Flut überschwemmt das Meer dann womöglich den Boulevard und steigt langsam am Sockel des Apartment-Hauses hoch, wie es schon vorgekommen sein soll.

Aber Onkel Neddy, oder vielmehr mein Onkel Edward, ist *hier*. In diese wildfremde, für ihn exotische Umgebung ist Onkel Neddy soeben aus der Rahmenhandlung zurückgekehrt. Schräg und still lehnt er mit der Rückseite an der blaßgelben, mit Wasserflecken übersäten Wand und blickt jedem fröhlich in die Augen, der ihn gerade ansieht – auch der Katze, die ihn soeben untersucht hat. Es ist allerdings nicht der wirkliche Onkel Neddy, nicht der, der er war oder den ich kannte. Dies hier ist der »kleine Edward«, bevor er Onkel wurde, bevor er Liebhaber, Ehemann, Vater oder Großvater, Blechschmied, Säufer oder ruhmreicher Angler und all das andere war, was sonst noch aus ihm wurde.

Abgesehen davon, daß sie meinem Asthma nicht bekommen, mag ich Moder und Schimmel sehr gern. Zunächst einmal mag ich den trocken aussehenden, graugrünen Staub, der hier, wie Flaum auf einer Frucht, plötzlich auf den Sohlen der Schuhe im Wandschrank oder auf den Rücken aller schwarzen oder dunklen Bücher im Bücherschrank erscheint. Und ich mag den schwarzen Schatten, der sich gleich sehr feinem Ruß plötzlich und verstohlen auf Weißbrot und weiße Wände legt. Schimmel auf Nahrungsmitteln wuchert schon binnen ein oder zwei Tagen, und in einer feuchtwarmen Zeit wie jetzt kann im Nu ein kleiner Urwald in einer Ecke des Badezimmers aus dem Boden schießen, dunkelgrün, hellgrün und magentarot. Dieser graugrüne Flaum oder dieser Schatten von feinem Ruß reicht gerade aus, um Krankheit, verlockende Krankheit anzudeuten – obwohl Sterblichkeit vielleicht ein besseres Wort wäre. Das Graugrün verweist auf Leben, der rußige Schatten – wenngleich auch er lebt – auf Tod und Sterben. Und jetzt, da Onkel Neddy wieder aufgetaucht ist, scheint plötzlich das letztere, das Schwarz, in eine Verbindung zu ihm getreten zu sein. Denn erst jetzt, nach so vielen Jahren, erkenne ich, daß er für mich »der Teufel« war, kein gewalttätiger, tatkräftiger Teufel, sondern ein freundlicher schwarzer, ein Teufel der Schwäche, der Nachgiebigkeit, von zaghaftem Schwarz, eben wie dieser rußige Schimmel. Er oder vielmehr seine letzte Verkörperung starb vor ein paar Jahren mit sechsundsiebzig, und zwei oder drei Jahre zuvor hatte ich ihn zum letzten Mal gesehen. Ich weiß nicht, wie er so lange durchgehalten hat. Er sah schon damals ganz tot aus, tot und von Schatten umlagert, wie Moder, als hätten die vielen Jahre seines Lebens zuletzt beschlossen, ihn zu umdunkeln. (Er hatte damals auch ausgesehen wie ein ausgetrockneter Docht im rauchschwarzen Zylinder einer Petroleumlampe.)

Aber hier ist er nun wieder, jung und frisch, ungefähr zwölf Jahre alt, und zwischen uns ist nichts als eine Schicht altmodischer Firnis. Seine Witwe, Tante Hat, hat ihn mir geschickt, hat ihn über viele tausend Meilen von Neuschottland in einer großen Lattenkiste zu mir transportieren lassen, zusammen mit einer seiner jüngeren Schwestern, meiner Mutter. Warum in aller Welt hat mir Tante Hat das Porträt ihres verstorbenen Mannes geschickt? Das Bildnis meiner Mutter war zu erwarten gewesen, aber das von Onkel Neddy kam völlig überraschend; und jetzt komme ich mit meinen Gedanken gar nicht mehr von ihm los. Seine Ehe war langwierig und schlimm; soviel wußte man. Ist seine Anwesen-

heit hier womöglich Tante Hats späte Rache? Ihr letztes
Wort in dem fünfzig und ein paar Jahre währenden
Kampf zwischen den beiden, eine Geste, mit der sie
ihm, so unglaublich es klingen mag, ein für allemal zu
verstehen gibt, daß sie genug von ihm hat? Oder ist er
hier, weil er zu einem Bilderpaar gehört und Tante Hat
eine Ordnungsfanatikerin ist? Weil sie es nicht über sich
brachte, etwas auseinanderzureißen, das zusammenge-
hört? Er blickt vollkommen ruhig und artig drein – ein
wirklich nettes Kind – , als wäre er froh, hier zu sein und
alles hinter sich zu haben.

(Die Rahmen, in denen diese Kinderahnen hier anka-
men, waren dreißig Zentimeter breit, immer wieder mit
schimmernder, sandiger Goldfarbe gestrichen. Sie
waren dazu bestimmt, auf einer dunklen Tapete über
Mahagonimöbeln mit Roßhaarbezügen in einem nord-
amerikanischen Salon zu hängen und ihn ein wenig
aufzuhellen. Ich habe mir erlaubt, sie gegen schmale
goldene, sorgfältig mattierte, »moderne« Rahmen aus-
zutauschen. Jetzt haben die Porträts eine Größe, die es
erlaubt, sie in einem Apartment aufzuhängen.)

Onkel Neddy steht auf einem der Phantasie ent-
sprungenen dunkelroten Teppich vor einer graubrau-
nen Wand. Sein rechter Arm ruht auf der Rückenlehne
eines kleinen Sessels. Dieser Sessel ist das reinste Wunder; er muß zu den »Requisiten« des Malers gehört haben – zumindest habe ich im Haus meiner Großmutter
dergleichen nie gesehen. Er besteht aus zwei hart aussehenden, kastanienbraunen Polstern, an deren Seiten
dicke, dreißig Zentimeter lange kastanienbraune Fran-
sen herabhängen; das untere Polster ist der Sitz, das
obere, das in der stickigen Luft zu schweben scheint

und auf dem Onkel Neddys Arm ruht, bildet die Rükkenlehne. Onkel Neddy trägt einen schwarzen Anzug – Baumwollsamt, glaube ich; die Jacke hat Taschen und ist mit einer Passe versehen. Er hat einen schmalen weißen Kragen und weiße Manschetten, und unter dem Jackenkragen ist anscheinend aus grobgeripptem Seidenband eine schwarze Doppelschleife gebunden. Vielleicht ist seine Miene eher gedankenverloren als ruhig. Daß dieses Gesicht nicht wirklich zu dem Anzug und dem Sessel paßt, verleiht ihm etwas Fremdartiges. Es hätte auch von anderswoher oder aus einem anderen Jahr eingewandert sein können und sich in dem Gemälde festgesetzt haben. Rundlich (nie war er auch nur im geringsten rundlich, soweit ich mich erinnern kann), das Haar auf der linken Seite sauber gescheitelt, die Wangen so rosa wie bei einem Mädchen oder einer Puppe. Eher sieht er seinen Schwestern ähnlich als Onkel Neddy – jedenfalls dem der späteren Fassungen. Seine engen Hosen reichen gerade bis unter das Knie, und ich kann auf jeder Seite drei verzierte Knöpfe erkennen. Sein Gewicht ruht auf dem linken Bein; sein rechtes Bein hat er vor das linke geschlagen, aber die Spitze seines rechten Stiefels berührt den anderen Stiefel und den roten Teppich kaum. Diese mit Knöpfen versehenen Stiefel sind sehr eng. Obwohl er so friedlich dreinblickt, tun sie ihm wahrscheinlich weh. Mir fällt ein, daß er mir mal erzählt hat, er habe als Kind Stiefel mit Kupferkappen getragen, aber diese hier haben keine Kupferkappen, sie müssen seine »guten« Stiefel gewesen sein. Sein Körper wirkt ziemlich überfüttert. Seine Augen sind hellbraun, und in das linke – für mich ist es das rechte – hat der Maler sorgfältig ein Glanzlicht aus trockenem Weiß, wie einen Krümel, gesetzt. So adrett und geschniegelt, so friedfertig und fromm, so vorzeigbar hat er später nie wieder ausgesehen – jedenfalls nicht, soweit ich mich erinnere.

Dabei hatte er natürlich etwas Frommes oder vielmehr etwas Scheinheiliges an sich, das damals so selbstverständlich und deshalb so unauffällig war, daß es jeden täuschte, auch ihn selbst. Wie oft hat mir nicht meine Großmutter erzählt, Onkel Neddy habe als kleiner Junge die Bibel, das Alte und das Neue Testament, dreimal von vorne bis hinten durchgelesen? Schon als Kind habe ich das nie richtig geglaubt, aber meine Großmutter war so völlig überzeugt davon, daß es vielleicht doch stimmte. Genau so sollten es die Kinder ja machen. Auch war der kleine Edward ein großer Auswendiglerner und Kirchenliedersänger gewesen, und das immerhin glaubte ich, denn in der Zeit, als ich ihn kannte, zitierte er oft Bibelstellen, und nicht die bekannten, die jeder im Munde führte; und er sang im Kirchenchor. Er sprach auch das Tischgebet vor den Mahlzeiten. Oder vielmehr, er las es. So weit reichte sein Gedächtnis nämlich doch nicht. Er besaß ein kleines schwarzes Buch, schwarz auf gelblichem Papier gedruckt, mit »künstlerisch gestalteten« roten Initialen oben und in der Mitte jeder Seite, in dem für jeden Tag des Jahres zwei Tischgebete standen. Dieses Buch hielt er knapp unter die Tischkante und las dann mit gesenktem Kopf in gedämpftem Ton seiner Familie das Tischgebet für diese Mahlzeit und diesen Tag vor. Das kleine Buch war so abgenutzt, daß sich manche Seiten gelöst hatten. Gelegentlich fielen ein paar auf den Fußboden und mußten nach dem Tischgebet wieder heraufgeangelt werden, während mein kleiner Vetter Billy (Onkel Neddys jüngstes Kind, ein oder zwei Jahre jünger als ich) und ich mit den Augen rollten und kicherten, wenn ich einmal bei ihnen war. Eigentlich mißbilligten es meine Großeltern, daß ihr Sohn ein Buch benutzte. Schließlich sprach mein Großvater sparsamerweise jahrein, jahraus bei allen regelmäßigen Mahlzeiten immer dasselbe Tischgebet. »Wir singen«, so begann es, »und sagen Dank Dir, o Herr« – in meinen Ohren klang es immer wie »Wirsing und Dank Dir«. (Aber damals hörte ich auch statt »wie auch wir vergeben unseren Schuldigern« immer »unseren Schludrigen«.) Wenn wir jedoch Gäste zum Essen oder zum »Tee« hatten, war mein Großvater durchaus imstande, ein längeres, dankbareres Gebet zu sprechen oder sogar eines, das dem Anlaß gemäß war, selbst zu erfinden.

Bis Alter oder Alkohol sie verdarben, besaß Onkel Neddy eine sehr schöne Baritonstimme, und wenn er sich sonntags wohl genug für die Kirche fühlte, stellte er sich in die hintere Reihe des Chors. An solchen Tagen trug er einen marineblauen Anzug und einen steifen Kragen, eine dunkelblaue Seidenkrawatte mit einem roten Streifen und eine Krawattennadel mit einem kleinen stumpfen Diamanten, ähnlich dem weißen Glanzlicht in seinem rechten Auge, das ich gerade betrachte.

Aber ich will versuchen, der Reihe nach von diesem kleinen Jungen zu erzählen, der eigentlich gar nicht wie ein kleiner Junge aussieht. Sein der Leiblichkeit halb enthobener Kopf scheint zu groß für seinen Körper zu sein; und dieser Körper wirkt älter und weit weniger lebendig als das runde, frische, gemalte Gesicht, welches so sehr in die Gegenwart hinüberragt, daß es sich selbst hier für sie zu interessieren scheint, so weit entfernt von dem Ort, wo es so lange Jahre hindurch eine ganz andere Welt gesehen hat.

Der erste dramatische Vorfall in seinem Leben, von dem ich weiß, passierte, als er sich den Fuß verbrühte. Er hat mir die Geschichte mehr als einmal erzählt, meistens verbunden mit der Warnung, ich solle nichts Heißes anfassen. Es ging dabei um seine Stiefel, nicht die auf dem Bild, sondern das erste Paar mit den Kupferkappen, richtige kleine Stiefel, ohne Knöpfe oder Schnürsenkel. Neugierig hatte er zu nah bei jemandem gestanden, der aus dem großen Wasserkasten hinten auf dem Küchenherd kochendes Wasser schöpfte, und aus irgendeinem Grund ergoß sich ein ganzer Schöpflöffel direkt in seinen Stiefel. Sofort zog man ihm den Stiefel aus und dann auch den Strumpf. »Die Haut kam gleich mit«, erklärte Onkel Neddy dabei immer stolz und schauerlich, während sich mir ein Eiszapfen in die Magengrube senkte. Der Hausarzt kam, und lange Zeit konnte der arme Onkel Neddy nicht laufen. Seine Mutter und seine Schwestern – er war der einzige Sohn, das zweitälteste Kind –, sie alle sagten, er habe eine stoische Geduld bewiesen; als es passierte, hatte er nur einen einzigen Schrei ausgestoßen. Später vollbrachte er wahre Wunder an Stoizismus auch hinsichtlich der neuschottischen Winterkälte. Er konnte es nicht ertragen, wenn man ihn warm anzog, und lief ohne Mantel aus dem Haus und in die Schule, selbst wenn das Thermometer minus zwanzig oder minus fünfundzwanzig zeigte. Fäustlinge und einen Schal ließ er sich noch gefallen, aber mehr nicht, und so hatte er immer wieder vom Frost gerötete und geschwollene Ohren, und einmal war eines sogar erfroren.

Nach diesen Heldentaten auf dem Feld der Ausdauer weiß ich, von der Bibellektüre abgesehen, für lange Zeit nichts von seinem Leben. Ach doch – Onkel Neddy war es auch, der mit den Fingernägeln alles Wachs aus dem Gesicht der großen französischen Wachspuppe meiner Mutter kratzte und es wie Kaugummi kaute. Der zarte Teint dieser Puppe beruhte ganz auf diesem Wachs; ohne es hatte sie ein rotes Gesicht und sah aus wie alle anderen. Onkel Neddy und meine Mutter spielten oben, und als meine Mutter protestierte, stieß er sie die Treppe hinunter. Als sie sich dann ohnmächtig stellte und mit geschlossenen Augen am Fuß der Treppe liegenblieb, holte er voller Zerknirschung einen riesigen Schöpflöffel eiskaltes Brunnenwasser, goß es über sie und schrie laut, er habe seine kleine Schwester umgebracht.

Und obwohl sie schon vor mehr als vierzig Jahren gestorben ist, ist auch seine kleine Schwester jetzt hier, neben ihm. *Ihr* Phantasieteppich besteht aus geometrischen Formen in Dunkelrot, Grün und Blau – oder sollen es Fliesen sein? –, und ihre Wand ist dunkler als die seine. Sie lehnt an einem ziemlich normalen runden Tisch, über den ein langes rotes Tischtuch gebreitet ist, und hat ihr linkes Bein über das rechte geschlagen. Sie muß ungefähr neun Jahre alt sein. Sie trägt eine kleine Tournüre und eine goldene Brosche, ihr schwarzes Haar ist rundherum ganz kurz geschnitten, mit einem Pony über den Augen, und eigentlich sieht sie mehr als er wie ein Junge aus.

Die Bilder sind nicht signiert und nicht datiert, wahrscheinlich Arbeiten eines wandernden Porträtmalers. Vielleicht arbeitete er nach Ferrotypien, denn das Kleid des kleinen Mädchens taucht auch im Familienalbum auf. Oder besaß sie nur dieses eine Kleid, wenn es galt, sich feinzumachen? Auf dem Gemälde ist es dunkelblau, mit einem weißen Zweigmuster, die Tournüre und das andere Beiwerk sind purpurrot, und zwei weiße Rüschen bilden eine Art »Berthe«. (Auf der Ferrotypie ist auch die Wachspuppe aus Frankreich zu sehen, groß und steif sitzt sie auf ihrem Schoß, ihre Füße in weißen Stiefelchen schauen zwischen ihren Unterröcken hervor und lassen dicke Beine in Ringelsöckchen erkennen. Ganz ruhig starrt sie unter einer zerzausten blonden Perücke, die einmal gründlich gekämmt werden müßte, in die Kamera. Der Ferrotypist hat die Wangen der Puppe und die meiner Mutter hellrosa retouchiert. Das muß natürlich in der Zeit gewesen sein, bevor die Puppe ihr wächsernes Antlitz unter den Fingernägeln von Onkel Neddy einbüßte.)

Oder vielleicht malte der Maler die Gesichter – die heller und strahlender wirken als das übrige Bild und sich zumindest im Falle von Onkel Neddy nicht ganz in die Größenverhältnisse fügen – »nach dem Leben«, die Kleider nach Ferrotypien und das übrige aus der eigenen Phantasie. Vielleicht kam er mit vorbereiteten Leinwänden ins Dorf, auf denen die nicht wiedererkennbaren Teppiche, der runde Tisch und der extravagante Sessel schon angelegt waren und darauf warteten, daß sich jemand auf sie stellt oder an sie lehnt. Ob Onkel Neddy darauf bestanden hat: »Ich will mit dem Sessel gemalt werden«? Ob sich die beiden Kinder vor mehr als siebzig Jahren darüber gestritten haben, wer welchen Hintergrund bekommen würde?

Nun, Onkel Neddy wuchs heran; er lief viel Schlittschuh im Winter (ohne sich warm anzuziehen), durchlief alle Klassen der Dorfschule und fing schon sehr früh an (wie ich sehr viel später erfuhr), sich zu verlieben und – zu seinem Unglück! – »den Frauen nachzulaufen«. Ich erfuhr sogar oder bekam vielmehr zufällig mit, daß sich die Familie längere Zeit Sorgen wegen einer »Witwe« gemacht hatte. Um diese Zeit muß er auch angefangen haben zu trinken, obwohl darüber erst viele Jahre später geredet wurde, als er gelegentlich öffentliches Ärgernis erregte. Man wußte nicht recht, wie man ihn anpacken sollte; er wies alle klassischen Anzeichen eines »Wildfangs« auf. Vergebens die Gebete der Familie am Morgen und am Abend, die Bibellektüre in der Kindheit, die Chorstunden, die Sonntagsschule (»Sabbatschule« nannte sie mein Großvater), die Kirche selbst, die Gebetsversammlungen am Freitag und die alljährlichen Erweckungsversammlungen, auf denen Onkel Neddy nach vorne trat und alles bereute. Auf einer von ihnen legte er sogar das »Gelübde« ab, jenes Mäßigkeitsgelübde, das er mir noch Jahre später aufsagen konnte, als er es wer weiß wie oft schon wieder gebrochen hatte:

Vertrauend auf den Himmel droben,
Wollen wir Gutes zu tun geloben,
Und beschließen für das ganze Leben,
Nicht zu nehmen noch zu geben
Von Rum, Gin, Brandy und Likören,
Auch Bier und Weinen abzuschwören.
Sogar dem Tabak werden wir entsagen
Und stets mit Redlichkeit uns fragen,
Wo unser Weg zum Guten führt,
Und tun und reden, wie Christen es gebührt.

Man bezeichnete dies als das »Gelübde des Eisenzeitlichen Rings der Hoffnung«. Der »Ring der Hoffnung« war eine Andachtsgemeinschaft für jüngere Gemeindemitglieder, aber was bedeutete »eisenzeitlich«? Onkel Neddy wußte es nicht, und ich habe es nie herausbekommen. Für mich trat es in eine etwas verschwommene Verbindung zu seinem Beruf. Denn trotz aller Mahnungen und Anstöße zeigten sich bei Onkel Neddy unmittelbar danach gleich wieder die Anzeichen des »Wildfangs«, und schließlich wurde er zu einem Blechschmied in die Lehre gegeben. Er sollte ein Handwerk lernen – das Blechschmiedehandwerk und die Installation und Reparatur von Öfen für Holzfeuerung. Und dann heiratete er, noch sehr jung, Tante Hat. Später gewann ich den Eindruck (ich war ein kleines Mäuschen mit großen Ohren), daß er sie möglicherweise auch heiraten »mußte«, aber vielleicht tue ich ihm da unrecht.

Tante Hat, rothaarig, hager, hübsch, mit grünen Augen, kam aus Galway Mines, einer Art Geisterstadt zwanzig Meilen entfernt, wo noch auf einfache, primitive Art und Weise Eisenerz abgebaut und verhüttet wurde. Früher war es mal ein blühender Ort gewesen, aber ich erinnere mich nur an vernagelte Häuser, vernagelte Geschäfte mit morschen Holzgehsteigen davor und an die vielen tiefen schwarzen oder dunkelroten Löcher, die die Berge verunstalteten. Auch an eine berghohe Schlackenhalde, tot, grau und glänzend, erinnere ich mich. Eine dieser Schlackenhalden, die man jahrelang aus irgendeinem unerfindlichen Grund direkt neben dem Fluß aufgeschüttet hatte, der stromabwärts auch durch unser Dorf floß, war lange vor meiner Geburt ins Rutschen gekommen, und es hatte eine

Überschwemmung gegeben. Ich habe diese Geschichte viele Male gehört, weil das Haus meiner Großeltern im unteren Teil des Dorfes nahe dem Fluß lag und damals überflutet worden war. Es hatte eine Warnung gegeben, aber während sie in heller Aufregung die älteren Kinder, die Standuhr, die Kuh und das Pferd rettete, vergaß meine Großmutter das jüngste Baby (meine spätere Tante), und mein Großvater war in das Haus zurückgestürzt und hatte es friedlich in seiner hölzernen Wiege auf dem Küchenboden treibend gefunden. (Nachher bekam das arme Baby Wundrose.)

Wenn Onkel Neddy ein »Teufel« war, ein schwacher, rußschwarzer, dann war Tante Hat ein roter, ein richtiger – mit roten Haaren, Sommersprossen, geröteten Fingerknöcheln, hitzig und energisch. Sie hatte wirklich etwas vom Alten Nick. Mein Onkel und meine Tante ergänzten einander; sie waren beide Teufel. Das Gerücht wollte wissen, der einzige Rotschopf im Umkreis von vielen Meilen sei der Pfarrer von Galway Mines, der einzigen katholischen Gemeinde im ganzen Bezirk. Ob wahr oder nicht – die Klatschmäuler im Dorf zogen ihre streng protestantischen, grausamen Schlußfolgerungen.

Meine eigenen Erinnerungen setzen in dieser Zeit ein, Dinge, die ich selbst gesehen oder selbst gehört habe: Onkel Neddy ist Blechschmied, verheiratet und Vater von drei lebenden und ein oder zwei toten Kindern. Er hat eine große Werkstatt gegenüber dem Haus meiner Großeltern, auf der anderen Seite der Dorfwiese, in dem einzigen Teil der früheren Gerberei meines Großvaters, der nicht abgerissen worden ist. (Das lokale Gerbergewerbe war noch vor meiner Geburt eingegangen, als man die Lohrinde durch Chemikalien ersetzte.) Vorne, gleich hinter der zweiflügligen Tür am Eingang, ist die Werkstatt ziemlich hell; ein großer Teil dient als »Lager« für Zinkeimer, emaillierte Töpfe und Pfannen, zwei oder drei oder noch mehr schwarze Küchenherde mit Nickelverzierungen, Farmerwerkzeuge und Angelruten – letztere, weil Angeln Onkel Neddys Leidenschaft war. Aber je weiter man geht, desto dunkler und düsterer wird sie; der Boden ist mit blinkendem, schwärzlichem Staub bedeckt, der einen beißenden Geruch verströmt, und die Werkbank, die die hintere Seite einnimmt, ist ganz schwarz von silbernem Geglimmer. Nacht senkt sich herab, wenn man nach dort hinten geht, doch sobald man sich den schmutzigen Fenstern über der Werkbank nähert, nimmt das Tageslicht wieder zu. In Onkel Neddys Nachthimmel hängen die Sachen, die er selber herstellt: Milchkübel, deren Böden wie Monde glänzen; blinkende Blechkannen in verschiedenen Größen; Gießkannen wie Kometen zwischen langen, langweiligen Ofenrohren mit runzligen, blauen Gelenkstücken, die da oben wie Elefantenbeine baumeln.

Bei der Arbeit trug Onkel Neddy immer eine schwarze Lederkappe, aber vielleicht war sie auch nur so abgetragen, daß sie wie Leder glänzte, und einen schwarzen, tiefschwarzen Overall. Er kaute Tabak. In jeden Priem war an einer Ecke ein kleiner roter Apfel aus Blech eingepreßt; diese Äpfel nahm er heraus und schenkte sie mir. Er hatte Kinder gern und war sehr nett zu ihnen. Wenn er mir einen Kuß gab, roch er sehr stark nach diesem »Apple«-Kautabak, und sein rußiges Kinn war kratzig – vielleicht rasierte er sich nur sonntags. Oft roch er auch stark nach etwas anderem, und ich erinnere mich an eine schwarze oder dunkelbraune Flasche ohne Etikett, die er im Dunkel unter der Werkbank verwahrte und manchmal hervorholte, um einen hastigen Zug daraus zu nehmen.

Die Werkstatt war voller faszinierender Sachen, aber der größte Reiz dieser Sachen bestand gewiß darin, daß sie nicht nur nagelneu, sondern vor allem völlig fehl am Platze waren. Wer würde erwarten, komfortabel aussehende Küchenherde mit Aufschriften wie »Magee Ideal« und »Magic Home« auf der Backofentür nach der Seite gekippt in einer solchen Werkstatt zu finden? Und dann auch noch eiskalt, dazu leere, nagelneue Teekessel, die an den Deckenbalken darüber hängen, nebenan ein Bündel von Feuerhaken, die aussahen wie ein Strauß getrockneter Kräuter? Oder emaillierte Töpfe und Pfannen, braun oder blauweiß gesprenkelt, die auf dem Boden herumstanden? Oder Dutzende von Blechbechern, genau wie die, die wir jeden Tag benutzten? Onkel Neddy stellte sie selbst her, und sie hingen da oben neu und glänzend und sauber, nicht stumpf und braun, wie sie zu Hause wurden. Und Wasserpumpen für die Küche in kitschigem Rot oder Grün oder die größere, schmalere Sorte für den Scheunenhof, die da auf dem Boden lagen? Neben all diesen Dingen gab es eindrucksvolle Maschinen, die an der Werkbank befestigt waren und von Hand bedient wurden. Eine war dazu da, blauschwarze Bleche zu Ofenrohren zu runden; mit einer anderen ließen sich Blechkanten so umbiegen, daß man sich an ihnen nicht mehr schneiden konnte, wieder andere erfüllten noch rätselhaftere Aufgaben, und alle waren schwarz und unheimlich. Es gab

Lötlampen und einen kleinen Glühofen, kleine Ambosse, schwere Scheren in allen Größen, Holzhämmer, Schachteln voll gedrungener, graublauer Nieten mit flachen Köpfen, und das Beste von allem war das Lötzinn. Es kam in dicken silbernen Stäben, auf denen ein Markenname eingeprägt war. Am liebsten sah ich zu, wenn Onkel Neddy einen solchen Stab an einem Ende bis zum Schmelzpunkt erhitzte und das Zinn dann rasch herabtröpfeln ließ, um einen breiten Blechstreifen zusammenzulöten und einen Becher, manchmal auch einen Kinderbecher, daraus zu machen, und wie er dann einen kleinen Streifen, der in der Maschine schon auf beiden Seiten gebördelt war, noch als Henkel anlötete. Wenn sie erkaltet waren, konnte man die Tropfen von Lötzinn, die auf den schmutzigen Boden gefallen waren, wie reines Silber, kühl und schwer, ablösen und verwahren. Unter der Bank lagen ganze Stapel von glänzenden Blechresten mit scharfen Kanten, runde Formen, Dreiecke, Stücke mit Löchern darin, als ob sie aus Papier ausgeschnitten wären, und, am schönsten von allem, dünne Blechschnitze, die sich wie Sprungfedern eng zusammengerollt hatten. Manchmal durfte ich Onkel Neddy helfen, ein Stück Lötzinn halten und es um den Boden eines Eimers tröpfeln lassen. Es war aufregend, daß man sogar seinen Namen damit schreiben konnte, in silbernen Buchstaben! Wenn Onkel Neddy so vornübergebeugt arbeitete, schnitt, hämmerte, lötete, dann kaute er Tabak und spuckte den Saft in weiten Bögen unter die Bank. Er glich einer schwarzen Schlange, einer ziemlich schnellen, aber vorsichtigen Schlange, die eine silbrigglänzende Spur hinter sich zurückläßt.

Wirkliches Geld verdiente er wahrscheinlich mit der Installation von Öfen, aber das interessierte Billy und mich nicht, obwohl Billy manchmal mitkommen durfte. Dann fuhren sie mit einem Gehilfen die Küste hinunter in Ortschaften wie Lower Economy, den roten Wagen mit Ofenteilen und Abzugsrohren beladen und vorneweg Nimble, unser Pferd.

Während Onkel Neddy kauend und spuckend und trinkend arbeitete, sich mit einem der gelegentlichen Kunden unterhielt (draußen vor der Werkstatt standen zwei Küchenstühle, wo sie manchmal saßen und redeten, meistens übers Angeln) oder mit ein oder zwei Kindern, die ihm Gesellschaft leisteten, putzte seine Frau das Haus. Schrubb-schrubb, wisch-wisch – so ging es bei ihr den ganzen Tag in dem Haus, das gleich neben der Werkstatt lag, aber höher an einem grasbewachsenen Abhang. Dieses Haus hatte ein Schindeldach und war leuchtend rot gestrichen, das einzige rote Haus im Dorf, und obwohl es für Onkel Neddys Familie groß genug zu sein schien, war es nie ganz fertig; eine zweite Veranda, ein Gästezimmer, irgend etwas wurde immer gerade angebaut oder mit Schindeln gedeckt, aber nie ganz vollendet und gestrichen. Eine schmale Veranda führte von der Straße zu einem Seiteneingang, dem einzigen, der benutzt wurde, und an dem Hang darunter wuchs üppig die Vogelmiere. Manchmal schickte mich meine Großmutter über die Straße, damit ich für ihre Kanarienvögel etwas pflückte, und dann kam Tante Hat nach draußen, lehnte sich über die Brüstung und fragte mich ärgerlich, was ich da täte, oder sie klopfte einfach ihren Mop am Geländer aus, direkt über meinem Kopf. Ihr kantiges, sommersprossiges Gesicht mit den grünen Augen hinter goldumrandeten Brillengläsern starrte auf mich herab. Sie hatte ihre guten und ihre schlechten Tage, wie meine Großmutter sagte, aber die meisten waren anscheinend schlecht, und an denen tat sie alles noch energischer und noch heftiger. Manchmal schickte sie mich, wenn ich ohnehin gerade gehen wollte, in barschem Ton nach Hause, und mit meiner harmlosen Handvoll Vogelmiere lief ich davon.

Ihre drei lebenden Kinder – sie hatte noch zwei Mädchen, die älter waren als Billy und ich – hatten allesamt schöne Locken. Die Mädchen waren so alt, daß sie sich selbst kämmten, aber wenn Billys Locken gekämmt wurden, wirklich gekämmt, für die Sonntagsschule, dann konnte man sein Geschrei über die ganze Dorfwiese bis zu unserem Haus hören. Und schließlich kam Billy mit tränenverschmiertem Gesicht, um mit mir zur Sonntagsschule zu gehen, die schönen rotbraunen Locken in vollkommene Röhren gelegt, und aus jeder (denn Tante Hat machte die Locken naß und wickelte sie mit einer steifen Bürste um den Finger) perlten Wassertropfen auf den weißen Rüschenkragen seiner Sonntagsbluse. Montags wusch Tante Hat mit aller Kraft die Kleider der ganzen Familie, im Sommer draußen hinter dem Haus. An guten Tagen brach sie manchmal in ziemlich lauten Gesang aus, während sie wusch und spülte:

Da sitzt im Mondenlicht die schöne Rote Feder,
Es seufzt der Wind so sacht,
Ein Vogelruf tönt durch die Nacht.

Ihr Krieger schläft fern, wo sich die Himmel dehnen,
Hier sitzt Rote Feder in ihren Tränen,
Es bricht ihr fast das Herz.

Für mich verbindet sich dieses Lied nicht mit einem untröstlichen Indianermädchen und einer roten Feder, sondern noch immer mit einem roten Haus, roten Haaren, kräftiger, gelber Waschseife und verzinkten Waschbrettern (die Onkel Neddy ebenfalls in seiner Werkstatt verkaufte; ich hatte sie vergessen). An anderen Wochentagen putzte Tante Hat, wie gesagt, das Haus: Wahrscheinlich war es das sauberste Haus im ganzen Bezirk. Das Linoleum in der Küche strahlte; die Strohmatten in den oberen Schlafzimmern sahen wie neu aus, die Vorleger und Brücken ebenfalls; in der »gemütlichen Ecke« im Salon mit der roten Polsterbank und den mit Kordeln verzierten, über Eck gestellten roten Kissen gab es niemals auch nur die geringste Unordnung; jede Porzellanfigur auf dem Sims über dem Ofen hatte ihren festen Platz und war ohne jedes Stäubchen, und immer hatte Tante Hat einen Besen oder eine Bürste mit langem Stiel in der Hand, jederzeit bereit, so schien es, nach den Dingen in ihrem Haushalt oder nach einem Kind, einem Hund oder einer Katze, die ihr über den Weg liefen, zu schlagen. Ihr Temperament schien ständig überhitzt, genau wie ihr Gesicht, aber an schlechten Tagen stieg die Hitze noch um viele Grade, und sie ließ, wie es hinter ihrem Rücken im Dorf hieß, »Dampf ab«, indem sie das Haus putzte. Man sagte auch, sie sei »in Hausarbeit ganz groß«, und manche nannten sie einen »Putzteufel«, oder sie sagten: »Ein Dragoner – das ist sie!« Es blieb auch nicht unbemerkt, daß Tante Hat in einem Dorf, in dem jedes sonnige Fenster mit Zimmerpflanzen gefüllt war und die Damen immerzu »Ableger« von diesem oder jenem begehrten Gewächs austauschten, »kein Glück« mit Pflanzen hatte; nichts wollte bei ihr gedeihen.

Ja, sie war ein Dragoner; es zeigte sich an ihren Sommersprossen. Sie bekam leicht Sonnenbrand. Wenn wir ein Picknick machten, genügte eine Stunde unter der Sonne des Nordens, und ihr Ausschnitt stand in Flammen. Onkel Neddy sagte dann, fast so, als wäre er stolz darauf: »Hats Hals sieht aus, als wenn ich ein Bügeleisen drangehalten hätte!« Er trug einen Strohhut und eine graue Strickjacke anstelle seines schwarzen Arbeitsanzuges, aber auch im Sonnenlicht wirkte er dunkel. Jetzt war er keine dunkle Schlange, sondern ein dünner, dunkler Salamander, der einen Moment lang die Feurigkeit seiner Frau genoß.

Seine Ehe war schrecklich, das wußten wir alle. Flüsternd erzählten mir meine Cousinen von den fürchterlichen, endlosen Streitereien, die sich nachts unter der niedrigen schrägen Decke des Schlafzimmers ihrer Eltern abspielten, das ganz mit kleinen, gequält aussehenden Rosenknospen tapeziert war, die wie Schmollmünder wirkten. Wenn es zu schlimm wurde, besuchte er »Mutter«, und die beiden setzten sich in den vorderen Salon, oder sie gingen auch in die Speisekammer, machten die Tür hinter sich zu und redeten dort im Stehen. In unserem Haus war es meine Großmutter, die die Klagen führte; mein Großvater beklagte sich nie. Wenn er fand, daß sie zu streng über ihre Schwiegertochter urteilte, murmelte er bloß: »Ja, das Temperament... das Temperament... einfach schaurig«, aber vielleicht hieß es auch »einfach traurig«. (Zu Billy und mir sagte er, wenn wir uns stritten: »Vögel in ihrem kleinen Nest vertragen sich«, ein Spruch, dessen Herkunft ich nie herausgefunden habe und mit dem ich nach eigenen Beobachtungen von Vögeln in ihrem kleinen Nest schon damals nicht ganz einverstanden war.) Es gab Tage und Wochen, in denen sich die Besuche eines bedrückt dreinblickenden Onkel Neddy häuften; es spielten sich Dramen ab, von denen ich nichts wußte; hin und wieder bekam ich mit, daß es um Geld, um »Urkunden« oder »Papiere« ging. Wenn dann Onkel Neddy schließlich wieder zu seiner Werkstatt hinübergegangen war, sank meine Großmutter in ihrem Schaukelstuhl in der Küche zusammen und verkündete: »Sie macht die Munition, und er feuert sie ab.« Dann fing sie an zu schaukeln, zu stöhnen und zu schaukeln, wobei sie sich mit dem Saum ihrer Schürze die Augen wischte und von Zeit zu Zeit jene geheimnisvolle Bemerkung machte, die sich damals wie ein Refrain durch unser Leben zog: »Keiner weiß... keiner weiß...« Oft fragte ich mich, was nur meine Großmutter und sonst niemand wußte und ob sie allein es wußte oder ob es ein totales Geheimnis war, das tatsächlich niemand kannte außer vielleicht Gott. Ich fragte sie sogar: »Was weißt du denn, Oma, was sonst niemand von uns weiß? Warum erzählst du es uns nicht? Erzähl doch!« Sie lachte nur und tupfte an ihren Tränen herum. Sie lachte genauso leicht, wie sie weinte, und sehr oft ging das eine ins andere über (eine Eigenheit, die ihre Kinder und Enkel geerbt haben). »Mach, daß du wegkommst!« sagte sie dann und: »Hau ab!«

Vom Schaukelstuhl am Fenster konnte sie den ganzen Dorfanger überblicken, sie sah die Leute, die zu dem Gemischtwarenladen gleich um die Ecke gingen oder sonntags in die große presbyterianische Kirche gegenüber, und schräg nach rechts sah sie Onkel Neddys Werkstatt und das rote Haus. Sie mißbilligte es, wie

Tante Hat ihre Familie ernährte. Wenn die Zeit zum »Tee« nahte, konnte man oft sehen, wie Billy oder eines der Mädchen zum Laden hinüberrannte und nach ein paar Minuten mit einem Brot oder irgend etwas in einer Papiertüte zurückrannte. Meine Großmutter war wütend: »Fabrikbrot, Fabrikbrot, immer nur Fabrikbrot!« Oder: »Noch mehr Konserven, wetten?! Noch mehr Kekse...« Ich wußte aus eigener Beobachtung, daß Billy, als er schon viel zu groß dafür war, immer noch in den Hochstuhl gezwängt wurde und zum »Tee« etwas bekam, das sie »Papp« nannten. Es handelte sich um einen Suppenteller voller Kekse, die in Milch schwammen, weich und klebrig, mit viel Zucker, damit es rutschte. Gekrönt wurde der »Papp« von zwei Stücken Marmor- oder Pfefferkuchen als Nachtisch. Tante Hat backte zwar kein Brot, doch solche Kuchen backte sie, und sie schmeckten gut, aber wie aus reiner Bosheit waren sie so hart, daß man sich die Zähne daran ausbeißen konnte.

Manchmal brachte auch ich meine Großmutter unabsichtlich zum Weinen, indem ich ihr Dinge erzählte, die mir Billy gesagt hatte. Vielleicht schoß auch er Munition ab, die auf der anderen Seite des Dorfangers angefertigt wurde, oder Kieselsteine, die besser in die sprachliche Steinschleuder seiner jungen Jahre paßten. »Stimmt es, daß Nimble (das Pferd für den Einspänner – später hatten wir zwei Pferde, das zweite hieß unpassenderweise Maud, nach einer Tante von mir, deren Name wiederum direkt auf Tennyson zurückging) – stimmt es, daß Nimble eigentlich Onkel Neddy gehört? Billy hat es gesagt. Und daß auch Nelly und Martha Washington ihm gehören?« (Die Kuh und ihr Kalb; den Namen des Kalbes hatte ich selbst ausgesucht.)

Meine Großmutter war entrüstet. »Ich habe das Pferd deinem Onkel Edward an seinem zehnten Hochzeitstag *geschenkt*! Aber das ist nicht alles, zwei Jahre später hat er es mir wieder verkauft, und noch immer behauptet er, ich hätte nicht alles gezahlt! Aber das habe ich! Außerdem benutzt er das Pferd die ganze Zeit, viel mehr als wir!«

»Pah, Mutter«, sagte mein Großvater. »Das ist doch ein alter Hut.«

»Oh ja«, schimpfte meine Großmutter. »Nimble und die Büffeldecke und das Dinner-Service und die Miete für den Kirchenstuhl – lauter alte Hüte. *Du* erinnerst dich nie an irgendwas. Aber ich, ich vergesse es nicht. Ich vergesse es nicht.« Und sie versetzte den Schaukelstuhl in heftiges Schaukeln, als wäre er, was er wohl auch war: eine Erinnerungsmaschine.

Ich habe noch ein paar andere Erinnerungen an Onkel Neddy in diesem Abschnitt seines Lebens, als die Blechschmiede und der Ofenhandel noch liefen, ob gut oder schlecht, weiß ich nicht, und bevor der offenkundige Niedergang einsetzte, bevor ich nach Boston ging und ihn dann immer seltener sah. Eine Erinnerung – kurz, aber quälend, wie ein Alptraum aus der Kinderzeit, der einem lange Jahre oder ein Leben lang nachgeht, so klar und schrecklich sind alle Einzelheiten – bezieht sich auf ein bestimmtes Weihnachtsfest. Vielleicht war es auch am Heiligen Abend, denn es geschah, nachdem die Lichter angezündet waren – aber im Winter wurde es natürlich sehr früh dunkel. Im Salon stand ein großer Weihnachtsbaum, der einen überwältigenden Tannenduft verströmte. Er war ziemlich spärlich mit bunten Papiergirlanden, Ketten aus Lametta und Popcorn und sehr wenigen Glaskugeln oder anderem Glitzerschmuck behängt: ein bäuerlicher, selbstgeschlagener Baum, den wir ganz frisch aus dem Gemeindewald geholt hatten. Aber es hingen auch ein paar mit Süßigkeiten gefüllte silberne und goldene Körbchen daran, die »die blinden Kinder« aus Metallstreifen geflochten hatten, und in die Zweige waren Kerzenhalter mit gedrehten Wachskerzen gesteckt, die schließlich nach vielen Warnungen angezündet wurden. Eine meiner Tanten spielte »Heilige Nacht« auf dem Klavier, und die Kerzen brannten rechtzeitig zum Singen.

Das war alles sehr schön, und trotzdem ist es mir als »das schwarze Weihnachten« in Erinnerung geblieben. Meine anderen Großeltern in den Staaten hatten ein großes Paket mit Geschenken geschickt. Darin waren Wollmützen und Schals für Billy und mich, aber meine gefielen mir überhaupt nicht. Seine waren dunkelblau, meine jedoch *grau*, und schon auf den ersten Blick konnte ich sie nicht leiden. Es waren auch Fausthandschuhe und Socken dabei, darunter rote oder blaue, und die hohen schwarzen Gummistiefel, die ich mir gewünscht hatte, aber mein Paar war viel zu groß. Unter dem Baum ausgebreitet, sahen all diese Sachen selbst bei Kerzenlicht unförmig und trostlos aus, und am liebsten hätte ich geweint. Und dann kam der Weihnachtsmann herein mit einem ganz gewöhnlichen braunen Kartoffelsack auf der Schulter, in dem die anderen Geschenke steckten. Er sah schrecklich aus. Er kann unmöglich schwarz gekleidet gewesen sein, aber mir kam es so vor, und ich fing an zu weinen. Er hatte sich künstlichen Schnee auf die Schultern gestreut und trug eine spitze rote Mütze, aber der Bart! Er war überhaupt nicht weiß und wollig, er war aus Schnur, aus zerfaserter Schnur. Diese Schreckgestalt stapfte nun im Zimmer herum und machte mit tiefer, verstellter Stimme laute Witze. Das Gesicht, das über dem Faserbart hervorsah, kam mir vor wie das eines Negers. Ich schrie. Dieser Weihnachtsmann aus der Tiefe einer Kohlengrube stellte nun seinen Sack, der ebensogut mit Kohlen hätte gefüllt sein können, zu Boden, um mich zu umarmen und zu küssen. Durch meine Schluchzer hindurch erkannte ich an der Berührung, am Geruch und an der plötzlich alltäglich gewordenen Stimme, daß es bloß Onkel Neddy war.

Dieses alptraumhafte Weihnachten nahm mich so sehr mit, daß ich wenig später wirklich einen Alptraum hatte, in dem Onkel Neddy oder zumindest seine Werkstatt vorkam. Ich überquerte darin die Straße und wollte die Werkstatt betreten, doch da trat aus ihr eine Stute hervor und versperrte die Tür. Die Stute füllte den ganzen Eingang, sie überragte mich riesengroß und zeigte grinsend all ihre großen gelben Zähne. Sie wieherte schrill und ohrenbetäubend; ich spürte den heißen Luftstrom, der aus ihren Nüstern quoll; er stieß mich fast nach hinten. Ich war geistesgegenwärtig genug, der Stute zu sagen: »Du bist ein Alptraum!«, und natürlich war sie einer, und deshalb wachte ich auf. Aber auch als ich wach war, hatte ich noch lange das unbehagliche Gefühl, Onkel Neddy sei möglicherweise drinnen gewesen und das furchtbare Tier habe ihm den Weg abgeschnitten.

Ich habe schon gesagt, daß Onkel Neddy ein großer Angler war; das war es, was er am besten konnte, vielleicht das einzige, worin er wirklich vollkommen war.

(Soviel ich weiß, waren nämlich seine Blecherzeugnisse, so schön und glänzend sie aussahen, doch ziemlich schlecht gearbeitet.) Er konnte Forellen an Stellen angeln, wo es sonst keiner schaffte, und manchmal ging er vor Tagesanbruch los und kam um sieben mit einer Schnur voller rosagesprenkelter Forellen für das Frühstück seiner Mutter zurück. Er konnte seine Angel in den schmalsten Bächen und an unglaublich schwierigen Stellen auswerfen und dann eine Forelle nach der anderen herausziehen. Wunderbare Fliegen knotete er für sich und seine Freunde und später auch auf Bestellung, mit Postversand.

Bücher gehörten nicht zu unsres Onkels Schwächen,
Doch reiche Kunde wußte er von Fluren
und von Bächen…

Das schrieb Whittier von seinem, und es galt auch für meinen.

Aber ganz ahnungslos war er nicht, was die Bücher anging. Aus dem vielen Bibellesen in der Kindheit hatte er sich einen Vorrat an Stellen bewahrt, aus dem er noch immer zitierte. Und überdies stand in seinem Zimmer auf einem Regal über der »gemütlichen Ecke« in einem kleinen Bücherfach eine seltsam sortierte Sammlung von Büchern. Ich kannte sie nicht so gut wie die in den Regalen im oberen Flur bei meiner Großmutter, von denen ich jedes einzelne, zumindest dem Äußeren nach, kannte (*Inglesbys Legenden*; *Medizin für Jedermann*; Emersons *Essays* und so weiter), aber das lag nur an Tante Hat. Jedesmal, wenn es mir gelungen war, mich in den Salon mit Onkel Neddys Büchern abzusetzen, stöberte sie mich nach kurzer Zeit auf und scheuchte mich nach Hause. Aber ich schaffte es doch, sie mir anzusehen, manche jedenfalls, und immer wieder dieselben. Es war offenkundig, daß der Untergang der *Titanic* Onkel Neddy stark mitgenommen hatte; in seiner Bibliothek gab es drei verschiedene Bücher über diese Katastrophe, und im Eßzimmer, gegenüber seinem Platz am Tisch, hing eine Chromolithographie des sinkenden Schiffes: der Eisberg, der aufsteigende Rauch, Menschen, die sich in den Fluten quälten, alles in leuchtenden Farben. Wenn ich mal im Salon allein gelassen wurde, konnte ich es kaum erwarten, mit einem Ohr auf Tante Hat lauschend, die *Titanic*-Bücher herauszunehmen – eines war sehr groß und schwer, rot, mit goldenen Verzierungen – und wieder einmal die erschreckenden Bilder anzuschauen. Außerdem gab es *Der Tower von London*; ein Buch über das Diamantene Jubiläum der Königin Victoria; *Ratgeber für junge Männer* (»Meide einsame Wege...«) und mehrere Bücher religiösen Inhalts. Außerdem ein paar kleine dicke Bücher über eine Gestalt namens »Dolly Dimples«, die hübsch aussahen und gut in der Hand lagen, sich aber als langweilig erwiesen. Aber die *Titanic*-Bücher mit ihren Bildern, manche davon echte Photographien, waren die besten.

Die andere große Attraktion in Onkel Neddys Salon war ein uralter Edison-Phonograph, der noch funktionierte. Er hatte einen braungoldenen, schimmernden Schalltrichter und spielte dicke schwarze Walzen. Meine Cousinen durften ihn spielen lassen. Ich erinnere mich nur an zwei Walzen aus der Schachtel: einen kurzen Sousa-Marsch, bei dem man vielleicht fünfzig Meter weit gekommen wäre, und »Cohen on the Telephone«, das mir gut gefiel. Ich wußte, daß es lustig sein sollte, und ich lachte, obwohl ich keine Ahnung hatte, wer oder was ein Cohen war und worüber ich eigentlich lachte, und ich bezweifle, daß Onkel Neddy es wirklich verstanden hat.

Ich vermute, zu keiner Zeit hätte man Onkel Neddys Lebensumstände, sein Geschick und seine Aussichten glücklich nennen können, auch in seiner kleinen Welt nicht, aber ich war noch sehr jung, und außer den wenigen Bemerkungen, die ich gelegentlich mitbekam oder erlauschte, und den verschwiegenen Gesprächen im Salon oder in der Speisekammer, die meine Großmutter immer so aufregten, bekam ich jahrelang nichts Unerfreuliches mit, jedenfalls war es mir nicht bewußt. Aber dann hörte auch ich häufiger davon, daß Onkel Neddy trank, und es begann der lange Niedergang der Werkstatt. Im Dorf konnte man nirgendwo Alkohol kaufen; das nächste staatliche Spirituosengeschäft lag in einer Stadt fünfzehn Meilen entfernt. Zuerst bedeutete das eine Tagesreise hinter Nimble oder Maud, manchmal verbunden mit einer Übernachtung bei einer Verwandten, einer Nichte oder einer Cousine, meines Großvaters. Wenn Onkel Neddy in die Stadt fuhr, brachte er sich wahrscheinlich einen Vorrat an Rum mit, es war das übliche Getränk, schwer, dunkel und stark. Ich kannte damals an alkoholischen Getränken nur die selbstgemachten Weine, die die Damen einander gelegentlich kredenzten, und den heißen Toddy, den sich mein Großvater an eisigen Winterabenden zuweilen braute. Aber schließlich setzten sich Ausdrücke wie »nicht bei sich«, »zuviel genommen«, »Schlagseite« in meinem Bewußtsein fest, und ich sah meinen armen

Onkel mit neuen Augen erwartungsvoll an. Einmal mußte man ihn von der Beerdigung von Mrs. Captain McDonald wegführen, einer alten Dame, die alle sehr gern gehabt hatten. Was man zunächst als Onkel Neddys begreifliche, wenngleich etwas überschwengliche Trauer hingenommen hatte, war »außer Kontrolle geraten«. Meine Großmutter jammerte darüber, sie jammerte in ihrem Schlafzimmer genau gegenüber von meinem Zimmer auf der anderen Seite des Flurs, und zwar so laut, daß ich fast jedes Wort hören konnte. »Er wird uns allen Schande machen, du wirst sehen. Ich habe *nie* ... Nie gab es einen Trinker in *meiner* Familie ... *Keiner* von meinen Brüdern...« Diesmal blieb mein Großvater ganz still.

Dann kaufte sich Onkel Neddy einen Ford, Modell T. Es gab damals nur sehr wenige Autos im Dorf; die Familie, die jahrein, jahraus die Kutsche zu der vier Meilen entfernten Bahnstation gefahren hatte, hatte sich als erste eines gekauft, und außer diesem gab es nur noch zwei oder drei andere. Irgendwie besorgte sich Onkel Neddy seinen Ford, und seine jüngere Tochter, sie war vielleicht fünfzehn und hatte lange Locken, genau wie Mary Pickford, fuhr den Wagen sehr gekonnt und mit einem Affenzahn. Vielleicht kutschierte sie ihren Vater auch im Nu die fünfzehn Meilen zum Rumkaufen in die Stadt – jedenfalls bekam er ihn, und wenn er einmal keinen hatte – so lautete eine andere unglaubliche Bemerkung, die ich mitbekommen hatte –, dann trank er *Vanille*.

Unterdessen verwandelte sich auch die Werkstatt. Zunächst einmal tauchten immer mehr Artikel für den Verkauf auf, während an der schwarzsilbern schimmernden Werkbank anscheinend immer weniger gearbeitet wurde. Viele Gerätschaften für den Haushalt kamen jetzt vorgefertigt: Büchsenöffner, Fleischwölfe, Rührbesen, »Garnituren« von graugesprenkelten Emailkochtöpfen. Es gab mehr Angeln und dann die phantastischen Köder mit Widerhaken, die auf Kartonständern angeboten wurden. Die Herde waren jetzt alle oder fast alle in weißem Email, es gab auch weißemaillierte Spülbecken, außerdem Wasserhähne und elektrische Wasserpumpen. Der Kautabak mit dem kleinen Blechapfel in der Ecke wurde noch immer verkauft, aber eines Tages gesellten sich Schokoladentafeln hinzu: Moirs und Cadbury's, mit Nüssen und ohne Nüsse oder in kleinen Stücken, jedes mit einer anderen Cremefüllung. Sie waren natürlich sehr verlockend, aber sie kosteten fünf Cent oder zehn Cent, und Billy und ich hatten kaum jemals mehr als einen Penny, um uns etwas zu kaufen. Onkel Neddy war zu uns und zu allen Kindern so nett, wie er immer gewesen war. Er nahm eine ganze Zehn-Cent-Tafel, zerbrach sie in die kleinen Rechtecke und verteilte sie unter uns. Ein Lotteriebrett erschien, bald sogar zwei oder drei. Für zehn Cent konnte man dort ein kleines eingerolltes Papier herausholen, auf dem eine Zahl stand, und wenn man Glück hatte, gewann die Zahl eine große Schachtel Pralinen oder eine Blechdose voller Kekse. Es war immer noch faszinierend dort, aber längst nicht so spannend wie in der Zeit, als Onkel Neddy noch Blechtassen hergestellt und gelötet hatte.

Dann ging ich in die Staaten und kam nur noch im Sommer zurück. Zwei oder drei Jahre vergingen, ich weiß es nicht mehr, da tauchte in einem Sommer vor der Werkstatt plötzlich eine Benzinpumpe auf. Autos hielten an, um zu tanken; nicht sehr oft, aber es gab inzwischen mehr von ihnen, obwohl die Straße noch größtenteils unbefestigt und nur in der Mitte gepflastert war. Billy und ich wetteiferten, wer die meisten und größten Lastwagen gesehen hatte. Wenn ein Lastwagen zum Tanken anhielt, rannten wir hinüber, um ihn genau zu untersuchen: ob er rot oder blau gestrichen, mit weißen oder goldenen Linien, mit Pfeilspitzen verziert war, was er geladen hatte und wohin er fuhr. Manchmal goß Onkel Neddy aus einem seiner eigenen Kanister Wasser in den Kühler, während der Laster dampfend und zitternd dastand. Im nächsten Sommer war die Straße geteert. Ein Anbau an dem roten Haus war noch immer nicht gestrichen, die »neuen« Schindeln waren schon grau. Im nächsten Sommer kam der Generalgouverneur durch das Dorf und hielt vor Onkel Neddys Werkstatt an, um eine Ansprache zu halten. Ein anderes kleines Mädchen, nicht ich, machte einen Knicks und überreichte seiner Frau, Lady Bing, einen großen Blumenstrauß.

Dies sind zwar nicht alle Erinnerungen, aber doch all die, die ich behalten möchte (wahrscheinlich könnte ich sie gar nicht vergessen, selbst wenn ich es versuchte), die ich so klar und deutlich behalten möchte, als wäre alles eben erst geschehen oder als würde es gerade geschehen. Mein Großvater stirbt. Meine Großmutter zieht zu einer Tochter nach Quebec. Ich gehe fort auf die Schule, später aufs College. In immer größeren Abständen kehre ich in Onkel Neddys Dorf zurück. Einmal gehe ich mit ihm angeln, und er beklagt sich darüber, wie ich auswerfe, aber sehr freundlich, wie immer. Er wird älter – älter, dünner, krummer und unrasierter, in die rußschwarzen Stoppeln mischen sich silbrige. Auch seine Stimme wird schwächer und höher. Er bekommt Magengeschwüre. Er wird deswegen operiert, aber er hört nicht auf zu trinken, kann nicht aufhören – so sagt man mir jedenfalls. Es hat die Form regelmäßig wiederkehrender Anfälle angenommen, und eine Tante erzählt mir (ich bin inzwischen alt genug, um ins Vertrauen gezogen zu werden), daß »jeder es weiß« und daß »es ihn umbringen wird«. Aber schließlich stirbt er an etwas ganz anderem.

Als ich ihn das letzte Mal sah, war er sehr schwach und ging sehr gebeugt. Die Augen dieses Mannes, der sich früher immer zu mir heruntergebeugt hatte, um mich zu umarmen und zu küssen, waren jetzt auf gleicher Höhe mit meinen Augen. Als ich ihm einen Kuß gab, war der Geruch nur noch zur Hälfte so wie früher: Rum – Tabak kaute er keinen mehr. Ich wußte, und er sagte es, daß er »nicht mehr lange auf dieser Welt weilen« werde. Auch Tante Hat war alt geworden. Das rote Haar war nun blaßrosa, aber ihre Wangenknochen, ihre Sommersprossen und ihre ganze Art waren genau wie früher. Aus dem Haus scheuchte sie mich jetzt nicht mehr. Jetzt äußerte sie ihre Gefühle, indem sie so tat, als würde sie die Geschenke aus den Staaten nicht sehen, indem sie die Zähne zusammenbiß und nach Fliegen klatschte. An manchen Tagen weigerte sie sich, etwas zu sagen; an anderen sprach sie – immer verächtlich, ganz gleich, um welches Thema es ging. Die Tankstelle hatte den Besitzer gewechselt; es arbeiteten dort andere Leute.

Ich glaube nicht, daß Onkel Neddy in seinem Leben jemals gereist ist, außer vielleicht zwei- oder dreimal nach Boston, als seine Töchter dorthin gezogen waren und geheiratet hatten, aber auch da bin ich mir nicht ganz sicher. Und jetzt ist er hier, auf der anderen Seite des Äquators, zusammen mit seiner kleinen Schwester, und sieht aus wie der brave Junge in einer Horatio Alger-Geschichte: arm, sauber, gesund, höflich und aufgrund eines glücklichen Zufalls – er bewahrt einen Bankier vor einem Taschendieb, er fängt ein durchgegangenes Pferd ein – eben im Begriff, »seinen Weg im Leben zu machen« und dabei seine kleine Schwester vielleicht mitzunehmen. Er ist zu warm angezogen für dieses Klima, und seine Wangen sind wohl deshalb so rot, weil er in seinem Samtanzug schwitzt.

Ich werde sie hier nebeneinander an die Wand hängen, über die antike (brasilianisch-antike) Kommode. Trotz der Hitze und der Feuchtigkeit blicken sie unverwandt nach dem unsichtbaren Wendekreis des Steinbocks, in den außergewöhnlichen Regen, der den südlichen Ozean noch immer verschwimmen läßt. Ich muß auf den Schimmel achten, der sich in der Regenzeit unweigerlich auf alten Gemälden bildet, und muß ihn oft wegwischen. Es wird die graue oder die blaßgrüne Spielart sein, die über Nacht auf dunklen Flächen erscheint, wie Beschlag auf einem Spiegel. Onkel Neddy wird seine unverwandten Kinderblicke aus den hellbraunen Augen von nun an mit den Blicken von Unbekannten tauschen – Lateinamerikanern mit dunklen Augen, die er nie gekannt hat, die ihn nie verstanden hätten, die er, wenn er überhaupt je einen Gedanken an sie gewendet hätte, als »Fremde« angesehen hätte. Wie spät, Onkel Neddy, wie spät hast du dich ans Reisen begeben!

1977

Reinhard Kaiser
Auskünfte über Elizabeth Bishop

MEINE GROSSMUTTER HATTE EIN GLASAUGE, ein blaues, das fast genauso aussah wie ihr anderes, und dadurch erschien sie mir besonders verletzlich und besonders kostbar. Mein Vater war tot, und meine Mutter war weit weg, in einem Sanatorium. Bis sie es mir durch ihre Sticheleien abgewöhnte, bat ich meine Großmutter jedesmal, wenn ich mich verabschiedete, sie solle mir versprechen, nicht zu sterben, bevor ich aus der Schule zurück wäre.«

Elizabeth Bishop wurde am 8. Februar 1911 in Worcester, Massachusetts, geboren. Sie wuchs ohne ihre Eltern auf. Der Vater, William Thomas Bishop, starb, als seine Tochter acht Monate alt war, an einem Nierenleiden. Er war der älteste Sohn eines Bauunternehmers, dessen Firma an der amerikanischen Ostküste einen guten Namen hatte. Mit siebenunddreißig Jahren hatte er die zehn Jahr jüngere Gertrude Bulmer aus der kanadischen Provinz Neuschottland geheiratet. Elizabeth Bishop war das einzige Kind, das aus der kaum drei Jahre dauernden Ehe hervorging.

Mit dem Vater verschwand auch die Mutter aus dem Leben des Kindes. Gertrude Bishop erlitt beim Tod ihres Mannes einen Nervenzusammenbruch und wurde geisteskrank. Als sie 1916, nach jahrelangen erfolglosen Behandlungen und mehreren Sanatoriumsaufenthalten, aus Boston in das Haus ihrer Eltern und zu ihrer inzwischen fünf Jahre alten Tochter zurückkehrte, trug sie immer noch Schwarz. Und bald kam es auch hier zu einem neuen Zusammenbruch, dem die dauernde Unterbringung in einer Psychiatrischen Anstalt folgte. Elizabeth Bishop hat diese Vorgänge in der Erzählung »Im Dorf« angedeutet. Sie hat ihre Mutter bis zu deren Tod im Jahre 1934 nicht wiedergesehen.

Aufgewachsen ist Elizabeth Bishop bei den Eltern ihrer Mutter, den Bulmers in Great Village an der kanadischen Atlantikküste, und in der maritimen Ländlichkeit Neuschottlands hat sie die Mehrzahl ihrer Erzählungen – »Die Taufe«, »Gwendolyn«, »Im Dorf«, »Erinnerungen an Onkel Neddy« – angesiedelt. Great Village liegt an der Nordseite des Minas Basin, des östlichen Ausläufers der zwischen den kanadischen Provinzen New Brunswick und Nova Scotia gelegenen Bay of Fundy. Hier betrieb der Großvater eine Gerberei, später dann, nachdem dieses Gewerbe in der Gegend zum Erliegen gekommen war, eine kleine Landwirtschaft. Großmutter Bulmer war die Tochter eines Seekapitäns, der einst mit seinem Schiff und der gesamten Mannschaft bei Sable Island vor der Küste von Neuschottland untergegangen war.

Elizabeth Bishop empfand es wie eine gewaltsame Entführung, als die Eltern ihres Vaters sie im Alter von sechs Jahren aus dem Dorf ihrer Kindheit im hohen Norden nach Worcester in der Nähe von Boston holten.

»Ohne mich zu fragen und gegen meine Wünsche brachte man mich zurück in das Haus, in dem mein

Vater zur Welt gekommen war, um mich zu retten vor einem Leben in Armut und Provinzialismus, vor Barfußherumlaufen und vor Talgpudding, vor unhygienischen Schiefertafeln und vielleicht auch vor den falschen R's der Familie meiner Mutter. Mit diesem überraschenden Paar von Zusatzgroßeltern, die bis vor ein paar Wochen nicht mehr als Namen gewesen waren, sollte ein neues Leben anfangen.«

Das Gefühl der Befangenheit gegenüber diesen fremden, im Wohlstand lebenden Großeltern und ihrem großen Haushalt verließ Elizabeth fast nie. Sie wurde krank – litt zuerst an Ekzemen, dann auch an Asthma. Nach neun Monaten sahen die Großeltern ein, daß ihre Rettungsaktion gescheitert war. Eine verheiratete, kinderlose Schwester der Mutter, Tante Maude, kam zu Hilfe und nahm das Kind zu sich nach Boston. Aber auch hier besserte sich der Zustand des Mädchens nur langsam.

Krankheit und Vereinzelung prägten die Jugend von Elizabeth Bishop. Sie hielt sich an die Bücher, wurde eine eifrige Leserin. Erst spät, als sie Lesen und Schreiben längst gelernt hatte, erhielt sie eine regelmäßige Schulausbildung. Mit sechzehn Jahren kam sie auf ein Internat, die Walnut Hill School in Natick, Massachusetts. Mit neunzehn trat sie in das renommierte, 1861 als Hochschule für Frauen gegründete Vassar College in Poughkeepsie im Bundesstaat New York ein. Hier lernte sie die ein Jahr jüngere Mary McCarthy kennen, die spätere Autorin des Vassar-Romans *Die Clique* (The Group), und machte, vermittelt durch die Bibliothekarin von Vassar, die Bekanntschaft mit der Lyrikerin

Marianne Moore (1887-1972), mit der sie ihr Leben lang befreundet blieb.

»Es kam der Tag, an dem Miss Borden mir sagte, sie habe von Miss Moore eine Nachricht erhalten und Miss Moore sei bereit, mich an einem Samstagnachmittag in New York zu treffen. Viele Jahre später erfuhr ich, daß Marianne nur widerstrebend eingewilligt hatte; in der Vergangenheit hatte die gute Miss Borden anscheinend mehrere Mädchen aus Vassar geschickt, die Miss Moore und manchmal auch deren Mutter kennenlernen sollten, und irgendwie hatte keines von ihnen besonderes Wohlgefallen erregt. So erklärten sich wohl auch die äußeren Bedingungen, die für unsere erste Begegnung bestimmt worden waren: Ich würde Miss Moore auf der Bank rechts neben dem Eingang zum Lesesaal der New Yorker Public Library sitzend antreffen. Die Bedingungen hätten noch strenger sein können. Wie ich später erfuhr, verabredete sich Miss Moore, wenn sie wirklich erwartete, daß solche Möchtegern-Bekanntschaften ihr nicht zusagen würden, neben dem Auskunftsschalter in der Grand Central Station – wo man sich nicht setzen und, wenn nötig, sofort wieder auseinandergehen konnte.«

Nachdem Elizabeth Bishop ihre Studien 1934 mit dem Bachelor of Arts in Englischer Literatur abgeschlossen hatte, ging sie nach New York. Sie hatte damals schon ein paar Gedichte und eine Erzählung veröffentlicht. Dies und der Abschluß am Vassar College halfen ihr, als sie sich bei einem gewissen Mr. Black um eine Stelle in dessen »U.S.A. School of Writing« bewarb. Dieses zwielichtige Unternehmen machte sich in Annoncen anheischig, gegen Zahlung einer gehörigen Gebühr das schriftstellerische Talent von jedermann mit Hilfe von Fernkursen und durch »individuelle« Beurteilung und Korrektur der eingesandten Arbeiten nachhaltig zu fördern. Elizabeth Bishop mußte hier in die Rolle eines gewissen Mr. Margolies schlüpfen, eines Vorgängers auf dem Posten des korrespondierenden Gutachters, und übernahm, weil das Vertrauen der Kursteilnehmer in die Kontinuität der Betreuung nicht erschüttert werden sollte, auch dessen Namen. (Ein Fragment aus einem der Briefe, die sie in ihrer Eigenschaft als Mr. Margolies damals erhielt, spießt der Strandsäuberer und praktische Collagist Edwin Boomer in der Erzählung »Das Meer & seine Küste« auf seinen spitzen Stekken.)

»Von Mr. Black bekamen wir kaum etwas zu sehen. Er empfing alle möglichen Besucher in seinem Büro, Männer, die genauso aussahen wie er, und er bot ihnen den George Washington Instant-Kaffee an, den er auf einem Sterno-Kocher zubereitete und dessen unangenehmer Duft durch die Trennwand zu uns herüberdrang. Hin und wieder brachte er auch uns einen Kaffee, in billigen, milchgrünen Glastassen mit sehr scharfen Rändern, an denen man sich schneiden konnte. ›Und wie geht's dem Vassar-Mädchen?‹ fragte er und sah über meine Schulter nach dem Brief, den ich gerade langsam, mit drei oder vier Fingern auf der Schreibmaschine, tippte: ›Gut! Sehr gut! Das machst du sehr gut! Das wird ihnen gefallen!‹ sagte er und kniff mich auf eine ungehörige Art und Weise in die Schulter.

Zuweilen sagte er auch zu Rachel: ›Sieh dir das ruhig mal an. Heb es auf; leg den Durchschlag in deinen Ordner. Das benutzen wir noch mal.‹ Worauf Rachel ein lautes Stöhnen von sich gab.

Aber hier, in dieser lauten Umgebung, und allem zum Trotz, was ich gelesen und gelernt hatte und schon zu wissen glaubte, kam mir zum erstenmal die geheimnisvolle, furchtbare Macht der Schriftstellerei zu Bewußtsein.«

Nach der kurzen Episode in der dubiosen Fernschule unternahm Elizabeth Bishop mehrere Reisen nach Europa. Das Vermögen, das sie von ihrem Vater geerbt hatte, verschaffte ihr eine gewisse Unabhängigkeit. Den Sommer 1935 verbrachte sie in der Bretagne, den Winter in Paris. 1936 besuchte sie London und reiste in Nordafrika und Spanien. 1937 reiste sie nach Irland, lebte noch einmal sechs Monate in Paris, danach eine Zeitlang in der Provence und machte anschließend eine Italienreise. 1939 ließ sie sich für den größten Teil der nächsten neun Jahre in Key West, Florida, nieder, behielt aber auch ein Zimmer im New Yorker Greenwich Village. 1943 lernte sie bei einem neunmonatigen Aufenthalt in Mexiko Pablo Neruda kennen.

1945 erhielt sie den Houghton Mifflin Poetry Award. Im Jahr darauf erschien ihr erstes Buch, der Gedichtband *North & South*.

Im Laufe der nächsten drei Jahrzehnte hat sie noch drei weitere schmale Bände mit Gedichten herausgebracht – *Poems: North & South – A Cold Spring* (1955), *Questions of Travel* (1965) und *Geography III* (1976) –, für die sie zahlreiche Literaturpreise und Förderstipendien erhielt, unter anderem 1947 ein Guggenheim Fellowship, 1950 den American Academy of Arts and Letters Award, 1952 den Shelley Memorial Award, 1956 den Pulitzer Prize for Poetry, 1969 den National Book Award und 1976 den Books Abroad/Neustadt International Prize for Literature.

In die Zeit nach der Veröffentlichung ihres ersten Buches fällt der Beginn ihrer langjährigen Freundschaft zu dem Lyriker Robert Lowell. Von September 1949 bis 1950 war sie bei der Library of Congress als »Consultant in Poetry«, als Beraterin für Dichtung, tätig. 1949 besuchte sie häufig Ezra Pound in der Psychiatrischen Anstalt St. Elizabeth's, in die Pound eingeliefert worden war, um ihn vor einem Hochverratsprozeß in Italien wegen profaschistischer Propagandareden zu bewahren.

Bis hinunter nach Feuerland und an die Magellanstraße wollte Elizabeth Bishop reisen, als sie 1951 zu einer großen Südamerikatour aufbrach. Aber wegen einer schweren allergischen Reaktion nach dem Genuß des Cashewapfels mußte sie ihre Reise in Rio de Janeiro abbrechen. Nachdem sie dort wieder genesen war, beschloß sie, in Brasilien zu bleiben. Von gelegentlichen Besuchen in New York abgesehen, lebte Elizabeth Bishop hier während der nächsten fünfzehn Jahre. Mit einer brasilianischen Freundin, Lota Costellat de Macedo Soares, die sie 1942 in New York kennengelernt hatte, teilte sie ein Haus in den Bergen bei Petrópolis und ein Apartment in Rio de Janeiro. Im Jahre 1957 erschien ihre englische Übersetzung des brasilianischen Klassikers *Minha Vida de Menina* (Das Tagebuch der Helena Morley). Für die *Time Life World Library* verfaßte sie den Band über Brasilien, der, von der Redaktion stark verändert, unter dem Titel *Brazil* 1962 in New York erschien.

Seit 1966 übernahm sie immer wieder Gastdozenturen an Universitäten in den Vereinigten Staaten: zuerst an der University of Washington in Seattle und seit 1969 – als »Poet in Residence« – regelmäßig an der Harvard University. 1974 übersiedelte sie nach Boston. In ihrem Haus an der Waterfront von Boston starb sie am 6. Oktober 1979 infolge eines Schlaganfalls.

»Auf dem Programmheft des heutigen Tages hat Mr. Ivask noch einmal mein Gedicht ›Sandpiper‹ (Der Uferläufer) abdrucken lassen, und als ich dieses Stück sah, das schon ziemlich alt ist, dachte ich: Ja, mein Leben lang habe ich so gelebt und mich so verhalten wie dieser Uferläufer, bin immerzu an den Rändern verschiedener Länder und Kontinente entlanggelaufen und habe ›Ausschau gehalten‹. Ich hatte immer das Gefühl, ich könnte nicht weit im Landesinneren wohnen, fern dem Meer; und ich habe tatsächlich immer nah bei ihm gelebt, oft in Sichtweite. Natürlich weiß ich, und man hat mich manches Mal darauf hingewiesen, daß die meisten meiner Gedichte geographisch sind oder von Küsten, Stränden und Flüssen, die dem Meer zufließen, handeln, und auch die meisten Titel meiner Bücher sind geographisch.«

*

Da das erste Buch, das von Elizabeth Bishop in deutscher Sprache erscheint, ihre Erzählungen enthält, besteht eine gute Chance, daß hierzulande ein Mißverständnis gar nicht erst aufkommt, das in Amerika, wie es scheint, ziemlich weit verbreitet ist. Dort gilt Elizabeth Bishop als Lyrikerin und nur als Lyrikerin. Auch viele gut belesene Amerikaner wissen nicht, daß sie im Laufe ihres Lebens eine Reihe von außerordentlichen Geschichten veröffentlicht hat. Und diejenigen, die es wissen, rücken diese Texte oft in den zweiten Rang, sehen in ihnen nur prosaisches Beiwerk zu den poetischen Hauptsachen, zuweilen auch einen Kommentar zum lyrischen Werk, einen literarischen Nebenweg, den die für ihre Gedichte mit fast allen amerikanischen Literaturpreisen ausgezeichnete Lyrikern zuweilen eingeschlagen hat.

Es scheint, daß auch Elizabeth Bishop selbst diesem Urteil zuneigte und, ähnlich wie die Kritik, den verschiedenen Sphären ihrer Arbeit sehr unterschiedliches Gewicht beimaß. In einer eigentümlichen Selbstunterschätzung hat sie ihre Erzählungen wie Gelegenheitsarbeiten behandelt und die solide Form des Buches fast ausschließlich ihren Gedichten vorbehalten. Im Laufe ihres Lebens veröffentlichte sie vier Bücher mit eigenen literarischen Arbeiten, aber nur in eines von ihnen, in den 1965 erschienenen Band *Questions of Travel*, nahm sie einen Prosatext auf, die Erzählung »Im Dorf«, und auch diese war zuvor schon im *New Yorker* erschienen.

Alle anderen Texte des vorliegenden Bandes sind zunächst nur in der minder haltbaren Form der Zeitschriftenstory erschienen, in Magazinen wie *Partisan Review, Harper's Bazaar, The New Yorker* und *Southern Review* – sind nachher allerdings oft auch in Anthologien aufgenommen worden.

Erst mehrere Jahre nach dem Tod von Elizabeth Bishop hat ihr Verleger und Lektor Robert Giroux ihre Prosa gesammelt und herausgebracht und damit diesen Kontinent ihres Schaffens, der bis dahin aus lauter verstreuten, teils schwer auffindbaren Inseln bestand, erreichbar und entdeckbar gemacht. Giroux gliederte seine Ausgabe der *Collected Prose* von Elizabeth Bishop in zwei Hauptteile: »Memory: Persons & Places« (Erinnerungen an Menschen und Orte) und »Stories«. Diese letzteren – angeordnet in der Reihenfolge ihrer Veröffentlichung – enthält der vorliegende Band.

Die Zitate im Text sind folgenden Quellen entnommen: »Primer Class«, Elizabeth Bishop, *Collected Prose*, New York 1984, S. 6 – »The Country Mouse«, ebd., S. 17 – »Efforts of Affection: A Memoir of Marianne Moore«, ebd., S. 123f. – »The U.S.A. School of Writing«, ebd., S. 42f. – »Laureate's Words of Acceptance« (anläßlich der Verleihung des Books Abroad/Neustadt International Prize for Literature am 9. April 1976), in: *World Literature Today* 51, No. 1, 1977: »Elizabeth Bishop«.

Nachweise und Literaturhinweise

NACHWEISE

Die Taufe (The Baptism); Erstdruck in »Life and Letters Today 16« im Frühjahr 1937. Nachdruck in »The Best Short Stories 1938 and the Yearbook of the American Short Story«, herausgegeben von Edward J. O'Brien, 1938.

Das Meer & seine Küste (The Sea & its Shore); Erstdruck in »Life and Letters Today 17« im Winter 1937. Nachdruck in »New Letters in America«, herausgegeben von Horace Gregory und Eleanor Clark, 1937.

Im Gefängnis (In Prison); Erstdruck in »Partisan Review 4« im März 1938. Nachdruck in »The Partisan Reader«, herausgegeben von William Phillips und Philip Rahv, 1946; und in »The Poet's Story«, herausgegeben von Howard Moss, 1973.

Die Kinder des Farmers (The Farmer's Children); Erstdruck in »Harper's Bazaar« im Februar 1948. Nachdruck in »The Best American Short Stories«, herausgegeben von Martha Foley, 1949.

Die Haushälterin (The Housekeeper); Erstdruck in »The New Yorker« am 11. September 1948 unter dem Pseudonym Sarah Foster.

Gwendolyn (Gwendolyn); Erstdruck in »The New Yorker« am 27. Juni 1953.

Im Dorf (In the Village); Erstdruck in »The New Yorker« am 19. Dezember 1953; Nachdruck in »Stories from The New Yorker, 1950-1960«, 1960; und in der amerikanischen Ausgabe von: Elizabeth Bishop, *Questions of Travel,* 1965.

Erinnerungen an Onkel Neddy (Memories of Uncle Neddy); Erstdruck in »The Southern Review 13« im Herbst 1977.

BÜCHER VON ELIZABETH BISHOP

North & South, Boston 1946.

Poems: North & South – A Cold Spring, Boston 1955.

Poems, London 1956.

A. D. Brant, *The Diary of Helena Morley* (Übersetzung von E.B. aus dem Brasilianischen), New York 1957.

Brazil (Time Life World Library), New York 1962; dt. *Brasilien* (übers. v. H.-H. Herrmann), 1969.

Questions of Travel, New York 1965.

Selected Poems, London 1967.

The Ballad of the Burglar of Babylon (Gedicht), New York 1968.

The Complete Poems, New York 1969.

An Anthology of Twentieth-Century Brasilian Poetry, hrsg. v. E.B. und E. Brasil, Middletown, Conn. 1972.

Geography III, New York 1976.

The Complete Poems 1927-1979, New York 1983.

The Collected Prose, hrsg. von Robert Giroux, New York 1984.

BÜCHER ÜBER ELIZABETH BISHOP
(AUSWAHL)

Anne Stevenson, *Elizabeth Bishop*, New York 1966.

World Literature Today 51, No. 1, 1977: »Elizabeth Bishop«.

John Unterecker, »Elizabeth Bishop«, *American Writers: A Collection of Literary Biographies*, Supp. 1, Pt. 1, New York 1979, S. 72-97.

Candace MacMahon, *Elizabeth Bishop. A Bibliography*, Charlottesville 1980.

Lloyd Schwartz u. Sybil P. Estess (Hrsg.), *Elizabeth Bishop and Her Art*, Ann Arbor 1983.

Robert Giroux , »Introduction«, in: Elizabeth Bishop, *The Collected Prose*, New York 1984.

Harold Bloom, *Modern Critical Reviews: Elizabeth Bishop*, New York 1985.

Klaus Martens, »Das Ich des Auges oder die Lust an der Geographie: Elizabeth Bishop«, in: *Akzente* Nr. 4, 1986.

Thomas J. Travisano, *Elizabeth Bishop. Her Artistic Development*, Charlottesville 1988 (mit Bibliographie).

Robert Dale Parker, *The Unbeliever. The Poetry of Elizabeth Bishop*, Urbana, Chicago 1988.

David Kalstone, *Becoming a Poet. Elizabeth Bishop with Marianne Moore and Robert Lowell*, Edited by Robert Hemenway. Afterword by James Merrill, New York 1989.

Inhaltsverzeichnis